# 地球が悲鳴をあげている

さっちゃんと梅子おばあちゃんのSDGs 2

水谷久子

文芸社

# 目次

## 地球沸騰化がもたらすもの

前作を読んでいない人に、少し説明を。

さっちゃんと梅子おばあちゃんは、血がつながっていないお隣同士の、年の離れた大親友なのです。

さっちゃん一家が梅子おばあちゃんのお隣に引っ越してきたのは10年以上も前のこと。両親が共働きだった小学生のさっちゃんはいつしか梅子おばあちゃんの家に遊びに行って毎日お喋りをするようになりました。おばあちゃんは新聞やテレビのニュースで心が騒いだことを、さっちゃんは学校で知ったことをお互いに教え合います。

二人が心配していたのは、持続可能な開発目標（ＳＤＧｓ【エス・ディー・ジーズ】：Sustainable Development Goals）のなかでも、エネルギー問題や気候変動、生物への影響などでした。

さて、中学生になったさっちゃんは、今日も学校帰りに梅子おばあちゃんの家で過ごしています。

「さっちゃんは、成長が早くて、ぐんぐん背が高くなり、おばあちゃんは、とうとう抜かれてしまったよ」

「だって私もう、中学3年生だもん」

「当たり前ね、この間まで可愛い小学生だったのに、月日の経つのは早いね」

「梅ちゃんは、だんだん背が低くなって小さくなっていくみたいよ」

「だってしょうがないよ、おばあちゃんはとうとう78歳になってしまったよ」

「ところで2人で一生懸命研究していた、ＳＤＧｓの17の目標の1つ『気候変動に具体的な対策を』の続きなんだけど、今や温暖化なんて耳慣れた言葉じゃなくて、国連のアントニオ・グテーレス事務総長が、最近、もう温暖化なんてのんきなことは言っていられなくって、〝地球は沸騰化時代に入った〟と述べたらしいよ。

　今の地球をどうやって救えばよいのか誰も分かっていなくて、明確な答えがまだ出ていないけど、梅ちゃんはどう思う？」

「もはや小さい改革では、手遅れだとおばあちゃんは感じるの。世界中が一つになって、アイデアを出し合って、ある程度スピードをもって立て直していかないと間に合わないと思う」

「おばあちゃんが思うには、今まで人間は地球が生きていると思わず、まるで何の心も持ち合わせていない物体と勘違いして、土から水から空気から森林まで、好き勝手に思いやりもなく、汚してきたことが大間違いだったのよ」

「そうなんだ。そうすると梅ちゃん、何十年もの間、地球は悲鳴をあげていたんだね。そのサインに誰も気付かず、どんどん進化するのが美徳のように、世界中が競争に明け暮れたのね。

そして気が付いた時は、もう手がつけられないくらい、地球を、汚していたんだ」

「そうなんだよ。人間の勝手な行動を、地球は、〝もうやめて〟とか〝そこは危険だよ〟ってサインを出していたんだけど、人間は無知だったから、大切なそのサインを見逃してしまったわけ」

「カナダやアメリカやハワイでは、自然火災が発生して山火事が何ヵ月も続き、人間の技術をもってしても消火活動ができないなんて、悲しいわ。

１００年前にはこんなことなかったって、現地の人は言っているのよ。空気中の温度が、高過ぎて自然に発火するみたいだけど、ここ数年、毎年同じことが起こっているわね。

先日のアメリカの山火事では、一瞬で東京都の面積に値する山林を焼失しており、中国でも同じ事が起こっており、台風５号の襲来で川が増水した結果、橋が崩壊して、何千人と人が死んで甚大な被害をもたらしたわ。

梅ちゃん、このことが、地球がサインを出しているということなのね」

「そうなの。それと同時に食糧危機にも耳を傾けないと、今後危険なんだよ。気候が変動したことによって土が乾燥して、今まで収穫していた穀物などが収穫不可能になってきているの」

「山火事や洪水や食糧難が続いたのは、地球からの悲しいサインだったのね」

「そうよ、だけど人間は何十年もそのことに気が付かず、偶然の出来事できっと来年は大丈夫だろうと勝手に解釈して、気にもかけず平然としていた。とても傲慢な考えで地球からのサインを見逃していたから現在の結果につながっているんだよ」

「そうね梅ちゃん、人間の知恵でなんとかなるさと思い込んでずーっとほったらかしにしてきたことが、今やどうにもならなくなって、どんな学者も名案が出ないわね、私、今後がとても心配だわ。

元の元気な地球に戻すことはとても困難で、どんなに頑張っても20年はかかるかもと、皆、感じはじめてきたようね」

「さっちゃん、今年の夏の気温は日本中で最高気温が過去最高の39℃とか40℃なんていう日が続出したけれど、世界でも最高気温が50℃まで上昇した国も多かったらしくて来年はどうなるのかしら、想像しただけでも怖いよね」

「私は、先日テレビで、アルゼンチンの氷河の山脈で、現地では冬期なのにドサッと氷山が溶けて海中へ落下していくのを見たわ。現地の人は、今まで見たことのない光景だと驚いていたのを見て、この先を案じるわ。それと、この現象によって、インド・パキスタン・ペルー・中国なども氷河から流れてくる水に、影響を受けているそうよ」

「まあ小さな国だったら国全体が沈むことだってあるだろうし、だんだん土地が浸食されていくでしょうね」

「また、北海道ではエビの漁獲量が減ってやむなく漁を制限していたら、なんと、ある日突然、海岸に大量のエビが打ちあげられたらしいわ。サロマ湖では水温が上昇してプランクトンが発生して低酸素になったり、死んだエビとかカレイが足の踏み場もないくらい海岸にいっぱいに広がっている姿を、漁師さんは悲しげに見ていたわ。

また、珊瑚《さんご》も海水の温度が高くなって海底でどんどん死滅していくでしょう。どうにかならないのかしら、梅ちゃん、今の状態をどう思う?」

「そうね、もうここまで異変が続くと、小さなことをやっても、間に合わないような気がするの。歴史を遠くさかのぼってみると、今までに4回、地球は気候変動で氷河期に入り、すべての生き物が一瞬で死滅したことがあるの。二度とそんなことが起こらないよう、とにかく世界が一つになって、急がないといけないと思うわ」

「梅ちゃんの言う通り、確かに今の地球は弱っているし、さっきも話したけれどその証拠に今年の夏は異常なほど、暑かったわね」

「確かに今の地球は、異常気象が多いわね」

「中国では、毎年、冬はライトを昼間でもつけないと真っ白になって、車が走れないくらい空気が汚れていたでしょ。どこの国が注意しても、耳を貸さずにいたけれど、今年の夏は最高気温が上昇して50℃になり、過去最高の記録を出したそうね。

　ということは、自分の国だけは平気だろうと、規則違反しても、いつかそれが自分の国へ跳ね返ってくるのね。日頃から、空気や水や海は皆の力で、守ってきれいにしていきたいわね。

　世界は一つだと、思わないとね」

「日本では空気を汚さないように、自動車会社のマツダとトヨタが世界で初めての液体水素のエンジン車を開発して、$CO_2$などの排出量を実質0にする〝カーボンニュートラル〟の実現に向けて脱炭素に力を入れているみたいで、それが世界中に広まってほしいわね」

「梅ちゃん、それが本当なら、早く世界中に広まるといいのにね」

「それとね、おばあちゃんがとても不思議に思うのは、同時期にコロナウイルスの流行と地球温暖化が並行して起こったこと、因果関係は分からずじまいで終わってしまうのが残念で、そこには関係はないのかね」

「それは何年後かに発表されるのではないかと、思うわ」


「気候変動が長く続くと世界中でさまざまな影響が出てくるの。食料もなく、住む所もなくした貧しい国の人々が、働く場所を求めて家族で移動してきたり……。今、世界の43ヵ国の4500万人の人が飢餓で苦しんでいるらしいの。そのことによってイエメンやナイジェリアやコンゴなどの国々で、不満がつのって、紛争を始めているらしいよ」

「かわいそうだよね、小さい子どもたちがまき込まれて」

「おばあちゃんはね、ロシアによるウクライナ侵攻は、人類には非常に迷惑な話で、最も地球の生命を痛めつけている行為だと思うの、戦争の結果、人間の生命をおびやかし、大切な建造物を破壊し、自然を壊し、毎日地球を汚染して傷つけているのは愚かなことだと思う。片方では地球を守ろうと世界中が運動しているのに、もう片方は土の中に地雷を埋め、毎日ドローンの空襲で、爆弾を投下する。空気は汚れる一方で、川も空も大地も森林も嘆いているでしょうね」

「梅ちゃん、どうしてこの戦争は終わらないの？　中立の国が出てきてこれ以上被害や死人を増やさないためにもこの辺りで停戦しましょうと言う国がどうして現れないの？」

「おばあちゃんだって一刻も早くやめさせる国が出てきてほしいと思っているよ。反対に同情する国がウクライナにロシアを崩壊させる戦争道具や爆撃機を送って助けているから、いつまでも終わらないわね。現在までロシアで12万人、ウクライナは7万人が、尊い命を戦争で亡くしているらしい。

ウクライナのゼレンスキー大統領は、一歩も譲る気持ちはなく、クリミアを奪還するまでは戦争をやめないと言っているから、他国は皆、長期戦になるだろうと思っているみたいね。

アメリカ、オランダ、デンマークは、武器などの提供で応援を約束しているみたい。その親切心は分かるけど、日本人は早く終戦を迎えることが人々の幸せにつながると思っている人が多いのではないかと、おばあちゃんは思うわ。一日にも早く戦争が終われば、それだけ人の命の安全が保証されるものね。

世界は広いから国によって考えがとても違うわね、助けることは正義なんだけど、助けるにももっと違う方法があると思う。はたして武器の提供がウクライナを応援することになるのかは分からない。

人の命を助けるためにはおばあちゃんは一日も早く終戦することが大切だと思うから話し合いを求めるわ。

私がいちばん心配なのは子どもたちのこと。かわいそうに、ウクライナの小さな子どもをロシア人が奪ってロシアの教育を無理やり押しつけているそうよ、人道上絶対に許せないと感じているわ」

「早くこの戦争が終わるといいね、梅ちゃん。だって、建物や畑などを元に戻すには何十年とかかるのに、街はどこを見ても荒れているので悲しくなるわ。地球をとても汚しているのだから。この国以外にも世界には紛争している国がたくさんあって、その原因の一つとして貧富の差が影響しているらしいよ」

「GDPで分かるのは国の経済力なんだけれどね、昔は、アメリカ・中国・日本と上位を独占していたけれど、今や日本は少し弱っているみたいよ。時の流れの変化、さっちゃんには理解できるかな？」

「全然分からない。『バブルがはじけた』なんて言葉も全然理解できないわ、まったくその時のことは分からない」

「それはね、ちょうどおばあちゃんが学生の頃、戦後ものすごい勢いで、日本は立ち直っていったのよ。敗戦で焼け野原になった東京を、あっと言わせるくらい。世界中の人たちが立ち直るまでのスピードの早さに驚いたの。

それは日本が農業だけに頼っていないで、早く工業国となって世界と肩を並べるようになって、日本という名を知ってもらいたい、という思いを一つにして頑張った結果なの。そんな時、東京オリンピックが決まったわけ、日本中が一丸となったわ。鉄道から道路まで、街並みからホテルまで、それこそすごい皆の力が合わさって、世界中が驚くほどの東京に生まれ変わったの。

その底力の大きさで、東京オリンピックは立派に成功して、世界中の人たちをあっと驚かせたわ。戦後10年で見違えるほどに復興を成し遂げるなんて、なんと素晴らしい国民なんだと、その時から日本という国名が、世界中に知れ渡っていったの。そして日本は、信用されて尊敬される国になっていった。理由は農業国から工業国への転換の早さだったのね」

「それはどういうことなの?」

「日本はこの時期からいち早く世界に先がけて工業化社会へ入っていったの。農業から工業へ変貌して、石炭を動力源とする工業化時代に変化していったわけ。

18世紀後半、イギリスではまさしく工業化社会となって、蒸気機関車や紡績機などが、発展していったの。それが産業革命の始まりだったわ。

石炭が主流となったのはその頃から。まさか何十年後かにそれが地球温暖化につながるなんて予想もせず、また空気を汚すなんて、誰も考えなかったわね。

19世紀に入ってくると石炭から石油へと変貌して、乗用車や航空機の発展に一役買っていったものの、日本は原油を99％輸入に頼っていたので当然１９７０年代のオイルショックで石油の供給量が不足して価格の上昇が起こった時は経済成長率は急落したんだけど、その後も日本人の負けじ魂で電化製品や自動車の省エネ技術の開発に尽力して、国際競争力は強まっていったわ。

そしてその努力が世界に認められて、日本の車や家電製品は、輸出産業の花形になったものの、成長と反比例して１９５０年〜１９６０年代に、四大公害病が発生したんだよ。

戦後復興を目指して日本の重工業は急速に発達したわ。その結果、四日市ぜんそく、イタイイタイ病、水俣病、新潟水俣病が発生してしまった。

金属鉱業メーカーによるカドミウムを含む鉱石の流出が原因で、富山県の神通川流域ではイタイイタイ病が発生したわ。次に１９５３年頃から熊本県水俣市で、化学製品メーカーの工場が海に流したメチル水銀が食物連鎖で体内に蓄積した魚介類を食べた人たちが神経障害を発症したのよね。

四日市ぜんそくは１９６０年代頃からで、原因は石油コンビナートから大量に排出された亜硫酸ガスによる大気汚染が発生して、大勢の三重県四日市市民がぜんそくになったんだよ。新潟水俣病は、阿賀野川流域に化学工業メーカーが流したメチル水銀を、食物連鎖によって取り込んだ魚を食べた人たちが同じような症状を起こしたんだよ。

おばあちゃんは学校で水俣病を社会の先生が教えて下さったこと、今でも頭から離れないわ」

「ええっ、おばあちゃんそれはどういうことなの？　65年も経っていてもまだ頭に残っているの？」

「社会科の先生が世の中の格差に腹を立てていたわ。なぜかというと、水俣に住んでいる人たちは、家族の中から1人でもイタイイタイ病が出ると、それは遺伝で先祖代々の血が今出たんですよと、医者が言って絶対に水俣病とは認めなかったわけ」

「何で認めなかったの？」

「それはね、人間の悪いところで、医者が国に認めることを許されなかったの」

「そんなバカな」

「そして地元の国立大学も一緒になって、国の味方をしたの。

今でもあの時、怒っていた社会科の先生の顔を思い出すわ。おばあちゃんは、長い間、裁判が続いていたのも覚えている。

それから長い年月がかかって、20年後に大気汚染と水質汚染をもたらした企業と国に、公害病患者の補償を義務づける法律が、１９７０年の〝公害国会〟で成立したんだよ」

「梅ちゃん、20年もかかったなんて、長過ぎるよ。それに国が、最初は患者に同情しなかったところは、大きな組織には逆らえないという、今と少しも変わっていない悪い風習ね」

「そうね、どれだけたくさんの人が涙を流したか分かるし、20年もかからないと認めないなんて、国のやり方がひどいと思うわ。それで公害反対運動が日本中に広がって、ようやく国が環境省設置に動いたんだよ」

「長かったね、道のりが。たくさんの人が死んでから」

「その頃から、今から思うと公害は、温暖化の原因をつくっていったのでしょうね。

今、温暖化のことを世間はとても騒いでいるけど、昔からとっても無神経に、人間は生きてしまったわね。

川を汚し海を汚し空気を汚し長い長い年月、このくらいは許されると思っていたことの積み重ねが、今の私たちの生活にはっきり変だとようやく分かってきている。今年は過去最高で気温が高かったなんて騒いでいるけど、何度も何度も公害で人類に警鐘を鳴らして、地球はサインを出していたのに見逃していたのは人間なのよね。来年はもっとひどくなるかも分からないし、これからが心配ね。日本経済を豊かにしたのは、つかの間で90年代に入ると株価も地価も下落して投資家は憂き目を見たの。私、その頃、学生だったけれど日本はこれから、どうなるんだろうと思っていたわ」

「私はまだ生まれていないけど、それから梅ちゃん、この先どうなってゆくの？」

「それがね、日本人の手先の器用さとアイデアで、ガソリンが高価になっていたこの時期に、日本の会社が燃費効率のよい自動車や、省エネの電化製品を製造して、その製品が世界に認められて日本は輸出が急増したんだよ」

「すごいね梅ちゃん、日本人って頭がいいのね」

「そしてまだ続きがあるんだよ。今度は株価と地価が急騰して、日本の多くの人が金持ちになったの。それをバブル経済期の到来って言うんだけど、当時日経平均株価が4万円近くまで上昇しており、皆が地に足がついていなかったわ。その後あっという間にバブル期が終わって株価は下落するし、土地の値段は下がるし、日本中が大混乱したけれど、いわば普通に戻ったということなの。混乱はあったたし投資家はどん底を見たけれど、普通のサラリーマンは、別に変化なく過ごしていたわね。

そんな時、アメリカから異国情緒たっぷりの音楽が日本へ入ってきて、夜勉強していると、トランジスタラジオからアメリカで流行している音楽が流れるの、日本のリズム感とは桁違いにハイカラなの、今でも聞くと新しいし大好きよ」

「そうなんだ、梅ちゃんにも、青春時代があったのね」

「そうよ。誰もがアメリカに憧れを持っていたわ。洋服のセンスがとっても良くて、自動車の形もステキで、室内のインテリアも、昔の日本と全然違っていたわ、アメリカの何もかもに憧れを抱いていたわ」

「ねえ梅ちゃん、過去に日本とアメリカは戦争したんでしょう？」

「それがね、日本人は戦争はとっても悪いことだと思っているけど、人間は悪くないと思っていて人に罪を押しつけない人種なのだから日本とアメリカは仲良しなの、それでいいんじゃない」

## 日本の成長が止まった原因

「梅ちゃん、バブルがはじけてそれからなんとか頑張ってきたのに、なぜ日本は現在稼げない国になって、給料がとっても安い国になったの？」

「それはね、日本製はとっても優秀で評判が良かったのに、白モノ家電は日本人独得の考えすぎなところがあって、家電製品にプラスアルファをつけて便利性をねらって、どの商品も他国より特徴を出したところ、他国から総スカンを食らったの」

「それはどうして？」

「冷蔵庫なら冷やすだけでいいのに、いっぱいプラスアルファをつけると、値段が上昇して誰も買わなくなったの。暖房器具なら、暖めるだけでいいのに、何かと理由をつけてプラスアルファを付属につけるから高くなるの。他国は高い品物は嫌がって、安い方へ皆が手を出したので、韓国製や中国製に全部入れ替わって、日本製は見向きもされなくなったの。だから自動車はまだ良かったけど、電化製品は大手の会社が全部失敗してしまったわ」

「それでも、アニメやゲームや日本食は、白モノ家電にかわって、とても世界から人気があり、外貨を稼ぐ材料になっているわね。いろいろな日本製品が売れないのは、IT革命に日本が乗り遅れたことも原因らしいよ。インターネットが広がったり、デジタル技術が発展したりするのが他国に比べて日本は遅かったみたいね」

「日本がITに乗り遅れたのには理由があるわ。日本の会社は人事が年功序列をいつまでもくずさなかったの。それで古い先輩が増え続けて頭の上に座っているから、会社がダメになっていったらしいの。

年寄りを役職に置くと、会社は旧態依然として中身が古いままで、新しい世界の情報を取り入れることが困難な状態になりがちだから、時代の移り変わりとともに社員も、どんどん新人を入れて、若い者の意見を早くに取り入れて世界の動きについていくことが大事。世界では新しい技術が生まれている時に、何の機械も使えない上司を上に置いていた日本の企業が後れを取ってしまって、若者の頭脳を信じなかったことが、今の日本の追い抜かれてしまった現状らしいわ。保守的でＩＴ革命に乗り遅れる人はいらないし、若い人の意見も大切よね。

日本がＩＴに乗り遅れた理由は、日本のトップで働くおじさんが変化にいち早くついていけなかったことなんだけど、その点、中国や韓国は、とても変わり身が早くて日本は抜かれてしまった。今のＫ大臣が引っ張っている、マイナンバーカードでも、同じことが言えると思う。何回も失敗を繰り返しているじゃない、あんなこと、他国ではあり得ないことで、人事は、若者たちが引っ張らないとダメみたいね。いつか日本はガラパゴス化してしまうわ。あとはスマホの登場も日本は負けた原因の一つなんだって。スマホは情報が全部入っていて、一台で何役もこなせる品物だから」

「そうなんだ、だから若い社長が出てきて社員も若い人が多く採用されている会社は勢いがあるわね」

「今はなんとか昔のやり方を反省して、日本は投資に力を入れているみたい。、商社が鉱山を買ったりして418兆円の資金を海外に投資して、それは世界一らしいよ。

それと、外国人の観光客を呼ぶことで、外貨の収入を目指しているらしいし。ビザの発給要件も緩めていて、なんとかスムーズに入国してもらうように考えているようね、すべてが日本も変わらないとダメね。

さっちゃん、これからの日本は知的財産で儲けるらしいよ」

「全然分からない、それはどういうこと」

「作物の品質や、アニメやゲーム、そして服のデザインなどに使用料を取るの。この知的財産権などの使用料が支払われた金額がいちばん多い国、第1位がアメリカ、第2位がドイツ、そして第3位が日本なんだって、とても誇らしいわね」

「アニメでは宮崎駿の物語は世界中が素晴らしいと認めていてたくさんの賞も獲得しているわ。他のアニメも世界中でとても人気になっているわね、そしてゲームは、マリオなどは知らない人がいないくらい世界の話題にのぼっているし、日本の洋服は外国人から見ると日本人独得の色と形に特徴があるみたいね、私は世界で日本のアニメやマンガが人気なのは、とても嬉しいわ」

「最近は日本酒も、とても評判が良いようね、果物や野菜などの日本独得の美味しい食べ物も認められて世界中に広まってほしいわ。

それには商標登録をしっかりしないと、中国がなんでもかんでも中国製と名乗ることが多いので注意してほしいわね。おばあちゃんは年を取っているから心配してしまうのよ」

「今は自動車だけが安定して業績を伸ばしているわね。日本酒も伸びているので頑張ってほしいわ。インターネットが広がり、デジタル技術が成功したのに、日本は完全に乗り遅れたわね」

「さっちゃんは聞いていると、とても最近の機械に強いけれど、私のようなおばあちゃんは、何がなんだかさっぱり分からないの。だから、さっちゃんの言うように、その分野は若者に任せるべきね」

「今の時代、バスの運転手や旅館の働き手がいなくて、１３００万人が減っているんだって。理由はね、コロナがあってその時に全員退職させてしまったから、今は求人を募集しても人が集まらなくて、やむなくバスやタクシー会社は休業しているの。収入はゼロ、同じことが旅館やホテルにも起こっていて、募集しても人が集まらなくて、旅館もホテルも泊まりたい人が大勢いるのに従業員不足で休業しているそうよ。働き手のいない日本は、人手不足で大変困っているみたいなので今やロボットに頼る時代に入ったそうよ」

「プラスチックの生産量は、アメリカに次いで多いのは日本でしょ。でも再生エネルギーに最も頑張っているとは聞くけど、どんどん生産している日本ってどこか矛盾していない？」

「梅ちゃん、今年の暑さは１０３年ぶりだって、びっくりね。世界の１０００ヵ所で山火事が起こっており、地球の14万㎡が損失してしまったそうよ。

日本で言えば国土の３分の１が損失したことになるらしいわ、去年は猛暑日が16回だったけど今年は27回以上だって。今年のように暑い日が続くと来年が心配になるわ。ところで梅ちゃん、短い間に、中国があっという間に経済大国になったのはなぜ？」

「それはね、欧米や日本の製造業の工場を中国に移転させて、自国の働く所がない人間を工場で働かせたの、地元の人間は高所得を得ることができて中国は年率10％近くの高度成長を持続して、２０１０年には日本を追い抜き、中国はアメリカに次いでＧＤＰ世界第２位になった。そして日本は第３位に落ちた。私は日本人のお人好しの性格がとても問題だったと感じるわ。

自分たちが一生懸命研究した技術を、簡単にお給料が日本より多くもらえるからってすべて他国に提供してしまうのが失敗の大元だと思う。苦労して得た技術や研究は、どんなことがあっても他国へ教えることはタブーで、それなのに中国に簡単に渡ってしまった現実を、政治家はしっかり見てほしいわ。私は今でも警戒心のない政策を案じているの。今や海外の労働者は、日本は給料が安いので魅力を感じず、給料の良い中国や韓国へ働きに出かけるようで、情けないわ。いつから日本は、給料がどこの国よりも安くなったのかしら。

そういえば昔は3Kと言って汚い・きつい・厳しいなど日本人が嫌がる職業を外国人がかわって働いていたのを、よく見かけたけれど、今は日本の給料が安いのでほとんど見なくなったわ。中国や韓国の方へ移っていったそうよ」

「日本は赤ちゃんの出産率が低いうえに老人の数が増えて、労働者不足で嘆いているのに、海外からの労働者がいなくなって先細りよね」

「今、政府では、電気自動車（EV）の普及に力を向けて、2030年までに充電設備の設置目標を従来の2倍に上げる方針なんだって。世界ではEVの利用が急速に広がってEV化を後押ししているそうで、日本もこの辺で巻き返してほしいわ。

さっちゃん、あまり情けない話はやめて。経済再生への手応えは、企業のトップは、感じているらしく、脱炭素やデジタル化、人手不足といった問題の解消に向け前向きな資金需要が大きいらしい。個人顧客向けの戦略では、スマートフォンのアプリで口座管理やクレジットカードなどの、金融取引を一体化したあるサービスが、順調に契約を増やしているそうで、最近の口座開設数は年80万件程度だったのに、3月にそのサービスを始めた今年は、すでに１００万件に迫っているんだって。スマホを使いこなしている20代〜30代の若年層や、店舗網が手薄で、手が届かなかった地域の人との接点ができたそうよ。

これからは、個人向けを中心にそのサービスを据え、証券や保険といったサービスの提供を拡大していくらしい。中小企業の生産性を上げるデジタル化を支援するサービスにも力を入れていて、デジタル戦略で先進的に進めていくそうよ」

「やはり、中年のおじさんを上に置くより若者の考えを取り入れてデジタル化していくことが正しいと思うわ」

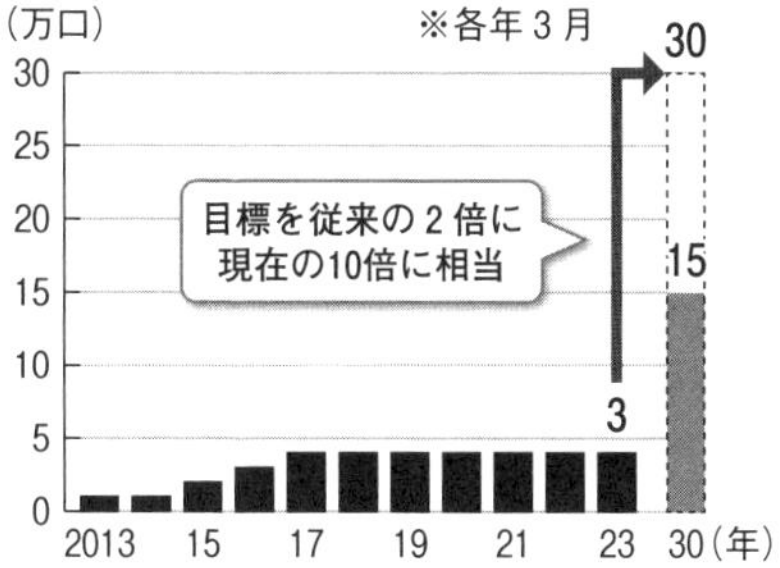


**図１　充電設備の設置数の推移**

## 貧困をなくすには

「さっちゃん、私たちは毎日清潔な水に恵まれており、それが当たり前のように思っているけど、世界の中には安心して飲める水を確保するのに苦労している国もあるのよ。でも、１９９０年から比べると２０１５年には安心して水が飲める人の人口が26億人（世界人口の36％）に増えて良くなっており、そしてトイレも１９９０年以降、新たに21億人の人が衛生的なトイレを安心して使えるようになったようよ」

「水もトイレも日本人は当たり前に感じているけど、世界の未開国では苦労しているのね、少しずつ良くなっているのなら、安心したわ。梅ちゃん」

「それでね、インターネットの普及率は２０００年の６％から２０１５年には43％に上昇し、世界人口の95％が携帯電話の通信可能域に住んでいるんだって」

「すごいね、びっくりするわ。とても良いことなので進歩してほしいと私は思うわ」

「今は貧困をなくそうという運動が始まってきているの。ＳＤＧｓの目標２にも、『飢餓をゼロに』が入っていて、世界から飢餓を撲滅することを目指しているわ。２０１５年の世界人口72億2000万人のうち、7億4000万人が依然として極度の貧困状態にあるらしいよ」

「それは梅ちゃん、土地柄なのか、教育なのか、政治なのか、分からないけど。食べるものがないのはかわいそうだと思う」

「それがね、同じ国に住む富裕層と貧困層の格差が拡大する傾向にあるらしい。先進国の中にも相対的に貧困世帯は存在しているようなの。日本で言うと年収127万円以下の世帯を相対的貧困と言うようで日本の貧困率は15・7%ということになるの。先進国35ヵ国の中では7番目に高い貧困率なんだって。

貧困とは、

・家がない
・食べ物が手に入らない
・一日250円未満で暮らす
・必要な医療が受けられない
・十分な教育が受けられない

このような人たちが世界に6億8500万人いて、世界の全人口の約8%になるそうで悲しいわね」

「梅ちゃん、そのような普通の生活ができない理由はなんなのだろうかね？」

「まあおばあちゃんだって分からない。けど、きっとシングルマザーだったり、また若いうちに結婚して離婚したり、また病気で働けなかったり、リストラがあったり、いろいろあるのでしょうね」

「学校では、
・単身もしくはひとり親家庭が多い
・子どもは進学を断念せざるを得ない
・子どもが家族の介護やケア、身のまわりの世話を担うヤングケアラーとなる
・母親の欠食頻度が高い
などがあるからと先生は教えて下さったわ」

「そうなんだ、おばあちゃんもびっくりしたよ。新聞に載っていたのを見たけれど、貧困率が高い地域はアフリカ大陸がほとんどを占めていたわね。

その要因は、
①政府の能力の欠如、②内戦紛争、③犯罪の多発、④教育、⑤医療、⑥福祉、⑦資本不足、⑧政府開発援助の減少、⑨ＨＩＶやマラリアなどの流行などと、いろいろ書かれていて納得はしたけれど、全世界が目を向けないと何も変わらないわね。

だって世界人口の10人に1人、8億1000万人が飢餓に、3人に1人が栄養不足に苦しんでいるんだものね。これから温暖化が進んでいくとますます食料が減少してゆくからとても心配だわ」

「梅ちゃん、私とっても疑問に思っていることがあるの。天気予報士の人が〝今年の夏の暑さはエルニーニョ現象なんです〟と説明しているけど、私はなぜ、〝温暖化が進んで空気や水温が上昇して地球が悲鳴をあげているのです。人間が地球を守りこれからは海や川や山や森林を大切にしていきましょう〟と説明しないのかと、とても不満なの。このままで年月が進んでいったら食糧難が全世界に起こるかもしれないと思うの」

「それがね、さっちゃん、新聞にとっても嬉しいニュースが載っていたの。それはね、今日本では、ITを活用して紅鮭の養殖を後押ししているそうで養殖業が注目されているみたい。人工知能（AI）やセンサーを活用して水質や生育を管理すれば、生産の向上につながることが分かってきたんだって。水場では、デジタル化は不向きな場所とされてきたけれど、機器やシステムの改良が養殖を成功させたそうだよ。世界初だって」

「すごいね梅ちゃん、日本人は」

「私もとてもびっくりしたわ。陸上での紅鮭の養殖事業に世界で初めて成功したと発表されていたので、その新聞を見ておばあちゃんは嬉しかったわ。これからは海の幸も温暖化で減っていくと心配していたけれど、とっても、心強いニュースだと思ったの。キンダイマグロ（近大マグロ）も近畿大学の学生の努力でできたことだし、これからの若者に期待するわ」

「それから私がいちばんもったいないと感じるのは曲がっているきゅうりが規格外でスーパーに出荷できないこと。それは箱の中に収まらないからという理由だけど、いちばん解決させなければいけないと思う。なすびにきずがついているからとか、ピーマンが育ち過ぎて大きくなり過ぎたからとか、トマトの形が悪いからなどの理由で廃棄するそうで、味や品質が変わらないのに。なぜ誰ももったいないとストップをかけないのか分からない。

スーパーへ並んだ野菜は箱の中で真っすぐに育ったきゅうりとか、形と大きさが同じトマトとか、きずのないなすびばかり。規格外野菜をスーパーが受け取らないのは、配送の時に箱にきれいに並べて、運搬しやすいからという単純な理由なんだけど、農家や消費者は誰も望んでいない方向へ、何十年と悪しき慣わしを守ってスーパーの望み通りに動いていることに早く気が付いてほしいわ、さまざまな形の鮮度がいい野菜が山積みされており、消費者が好きなだけ自分で袋詰めしていく方法がいちばん自然な形だと私は思うわ」

「そうね、さっちゃん。その考え、おばあちゃんも賛成だよ。だって野菜がかわいそうだし農家の人がいちばん辛いと感じていると思うよ」

「世界では食べ物がなくて飢餓で苦しんでいる人がたくさんいるのに、日本は無駄なことをやっていると思うわ。それとデパートの総菜の陳列だけど、閉店間際まで美しく並べられているけど、変だと思うわ。店が閉まる時間になってきたら、ショーウインドウの品物は少なくなったり、商品の山がくずれてあと少しとかいろいろあって良さそうだけど、最後まで美しく商品が並んでいるのは、とても不思議で、きっと時間が来たら廃棄物としてゴミ箱へ投げ捨てられるのだろうと私は思って見ているわ。誰の得にもならないのにね」

「それはおばあちゃんも同じ考えだよ。

老舗百貨店などではよくあることみたい。名前の通ったスーパーでも売れ残りそうな商品はコーナーを作って安く売れば良いのに、廃棄物の倉庫の方へ運んでいくわね。普通の八百屋さんとか魚屋さんは閉店間近になってくると値段を下げて明日に残さないよう、今日の分は売り尽くしてしまう店舗もあり、見ていて消費者は嬉しいし、安く買えることに喜びを感じるわ。

洋服の世界でも同じことが起こっているそうで、ブランド店ほど値下げせずに廃棄されるそうでその量は何トンとあるらしいわ。すべて人間の見栄がそうさせているんだと思う。悲しいことよね。人間のプライドが高過ぎるのだと思う」

「それはどういうこと？」

「長年続く老舗百貨店ほどはじめから高額の値段をつけて販売するから、売れなくなったと言って値を簡単には落とせないのよ。だからバーゲンするくらいなら焼却してブランドの価値を守るのよ」

「飢餓をゼロにしようと今、巷ではスローガンをあらゆるところに掲げているのを見るけど、まず自分の足元から直していかないとね。おばあちゃんも、現実は、切羽詰まっている人が多数いるのだから、スーパー経営者の人たちに余ったものがあれば、困った人たちに回してあげてと言いたいわ」

## 世界の医療・衛生事情

「梅ちゃん、医療の方もお医者さんや看護士さんが不足しているんだって、私、知らなかったわ」

「今はだんだん変わってきたけれど、どうしても女性は一度妊娠すると家庭に入ってしまい、また、元の職場に戻ることが難しいらしいよ。

医学部を目指ざす人間も減っていて医者不足らしいの。日本はまだ他国よりはましな方で、コロナ禍であらわになった医療格差は、
・医師1人に対する国民数は、
日本では414人
アフリカでは6万3694人
・5歳未満の子どもの死亡率は、
日本では500人に1人
アフリカでは13人に1人
これを見ていると、悲しいわね。皆、平等に医療は受けたいと思うものね」
「梅ちゃん、この数字はやはり政治の安定が必要なことを強く感じるけど、どう思う？」
「それはそうだけど各国の経済力も関係しているし、そして教育が最も大切なんだとおばあちゃんは思う。人間は生まれてくる国を選べないけど、皆が平等で生きられることが大切ね。日本は病気になったらすぐ診察してもらえるし、義務教育はあらゆる子どもがほとんど平等に受けられるので幸せな国に住んでいると思うわ。
さっちゃん、水道の蛇口をひねれば飲料水が出てくるのは当たり前だと思っている人が

多いようだけど、本当は違うのよ。世界の多くの国々は、煮沸しないと水道水が飲めないのは知っていた？」

「ええ！　少しは知っていたけど本当なんだ」

「そうなんだよ、水道水をそのまま飲める国は世界でわずか9ヵ国しかないんだよ。

それには理由があって、浄化した水を家庭や事業所に送るには配管が必要になってくるのだけど、アメリカのような広い国では、人口過疎な地域に水道配管を設置するのはコストがかかり過ぎるため、河川の水、または地下水に頼らざるを得なかったりするの。清潔な水を満足に飲めるのは大都市周辺だけなんだって」

「先進国のアメリカが広さゆえに僻地では水道水を一度沸騰させないと飲めないなんて驚いたわ。そういえば国土の広い中国も同じで、安心して水道水が飲めないと聞いたことがあるわ。その点、日本は国土が狭いがゆえに端から端まで配管が完備されているのね」

「水道水は健康にいちばん影響して来るから最も大切なんだよ。水道水が安全に飲める国と都市は、日本・南アフリカ共和国・シドニー・アイスランド・ノルウェー・ストックホルム・フィンランド・デンマーク・ドイツ・オーストリアだけなんだって」

「これだけの国しか安全な水が蛇口から出ないなんて知らなかった」

「それとね、さっちゃん、水の質で健康が左右されるんだよ。たとえば硬度の高い地下水は腎臓障害を起こすという説があるそうで、日本の水道水は軟水で安心なんだって」

世界全体を見ると、約22億人が、安全な水を確保できないとされています。

ＳＤＧｓの目標６にも、「安全な水とトイレを世界中に」が入っていて、「２０３０年までに、だれもが安全な水を、安い値段で利用できるようにする」を目指しています。

また約42億人が、安全に管理されたトイレを使うことができていないとされ、それが原因で、毎年２００万人以上が、下痢性の病気で命を落としています。

地球上では１９９０年から２０１５年にかけて安全な水道水を利用できる人類の割合は76％から90％に上昇しました。自宅で水が得られない世帯の80％では女性と子どもが水汲み場まで水を汲みに行っています。

10人に６人は安全な衛生施設（トイレ）を利用できず８億９２００万人以上が屋外で排泄をしている状態です。10人に３人は安全な飲料水が飲めないのです。

洪水や関連災害による死者は、自然災害の死者全体の70％もあるのです。

森林は水を地中にため込み、気候変動を緩和する役割がありますが、森林伐採は地球の砂漠化や温暖化を進行させます。

森林の所有者は、金儲けのために土地を売りさばいたり、広い畑を作るため、伐採したりしています。

## 今こそ行動に移す時

「さっちゃん、日本はとても恵まれているのがこの説明で分かるよね。日本の工場は過去の反省もあって川に排水するのにはとても気を使っているの、人体に害のある物質を勝手に流すと国が罪することになっているんだよ」

「日本はそれだけ守られているのね」

「そうね、水も大事だけど気温も同じだけ大切なの。今の日本の気温は100年間で1・2℃上昇しているんだよ。$CO_2$やメタンやフロンガスの大気中の濃度が上がると、地表の気温は上昇して異常気象が起こるからね。

異常気象は夏の猛暑に始まって、干ばつや台風、南極の氷山や山岳氷河が溶けて海面が上昇すると、小さな島国は水没の危機におそわれることになるし、気温の上昇は、降水量の増減にも関係してくるし、海水温度の上昇は農業や漁業をおびやかすことになるけど、まだまだ先のこととは絶対思わない。今の状態だとおばあちゃんは思うわ。そう、今なのよ。早く世界中が気が付いて急がないとね。

気候変動を緩和するには、まず何よりも$CO_2$排出量を削減しないと、２０５０年までに$CO_2$排出量を実質ゼロには届かないと思うの」

「じゃあ、おばあちゃんどうしたらいいの？」

「農作物なら高温に耐えられる品種を作ったり、渇水対策では雨が降った時に、貯水池をたくさん作ってその水を溜める技術や、治水対策も日頃から完備することが大事なのではと思うわ。

のんきに暮らしていてこの暑さは今年だけだろうと考えている人がいるけど、おばあちゃんは、今がとっても、切羽詰まったところに世界が立たされていると思っている。とにかくいち早く森林を増やしたり、空気汚染を減らすことに気を使ったり、山火事を防ぐことに案を出したりして、皆が少しでも来年の夏のことを考えないと手遅れになると思う。恐ろしいことになりそうだと予測しているの」

「おばあちゃんが思っていること、その通りだと私も思うわ。それでは$CO_2$を減らすためにはどうしたらよいの？」

「・白熱灯をＬＥＤに切り替えるといいみたいで、寿命が長くて消費電力が６分の１に減らせるんだって。
・住宅の外壁に断熱材も入れると冷暖房の効率を高めるんだって。
・1人を1㎞運ぶのに、乗用車は、電車の約8倍の$CO_2$を排出するので、なるべく電車やバスに切り替えて公共交通を利用するのはいいことかもね。
・エアコンの設定温度は、冬は20℃、夏は28℃に変えて少しでも温暖化に協力することが大事よね」
「おばあちゃん、海はどう守っていけばいいと思う？」

「地球の表面積のおよそ70％を占める海は、食物や塩や輸送の航路や観光資源として、重要な役割を果たしているわね。

それに反して、海に大量の生活排水を流している国民や工場が海を汚すと、赤潮が発生して魚介類が死んでしまうわ。

また海中に投棄されたマイクロ・プラスチックを摂食した魚介・鳥・亀の生存が危険だということは、随分前から言われているので、さっちゃんも知っているわね」

「知ってるよ、どうして海へ平気でプラスチックや魚の釣り針や網などを捨てるのかしら。海を汚すと、自分に返って来るのにね」

「先日テレビを見ていたら、$CO_2$が海水に溶けて起こる海洋酸性化はサンゴ・貝・ウニなど炭酸カルシウムを骨格とする魚介の生育をさまたげて、現にサンゴが死んでいく様子が映っていたわ。とっても悲しい現象だと、おばあちゃんは思ったわ」

「地球の7割を占めている海で、生き物が死んでいくなんて地球そのものが病んでいるのだから、皆が早く気付かないと大変なことになるよね」

「さっちゃんの言う通りだと思うわ。魚の乱獲や、船の事故によって油の流出がとても海を汚すことになるので、世界中で気を付けたいね」

「海中のプラスチックゴミが、魚の総量を超える可能性があるかもしれないんだって、先生が言っていたわ。

日本のプラスチック廃棄量は、850万tらしい。アメリカに次いで世界第2位なんだけど、再生してまた使われると教えられているけれど、本当かな。

私はプラスチックにかわって紙を利用して、なるべく魚をのせるトレイとか果物の入れ物も紙に変わっていってほしいと考えるし、ペットボトルが紙になれば、きっとプラスチックゴミを減らすのにとても貢献できると私は思うわ」

「それは、さっちゃんの言う通りよ」

「なぜそんなことが、変わっていかないの?」

「おばあちゃんが思うには、おそらくコスト面で違うのでしょうね、発泡スチロール製などの容器は、簡単に作れることと値段が安いのでしょうね。だからなかなか変わらないのよ。

さっちゃんは、食物連鎖について小学校で習ったでしょ？」

「植物が光合成により有機物（炭水化物・タンパク質・脂肪）を作り、植物を食べる草食動物を肉食動物が食べ、肉食動物の死がいをバクテリアが分解して植物の肥料となると、先生は説明して下さったわ」

「そうね、食物連鎖のどこかが途切れれば、生態系全体が壊れてしまうんだよ。

過去30年間に世界の森林面積が大幅に減少しているんだって、１９９０年から、日本の国土面積の約47倍にあたる１７８万㎢の森林が、世界全体で失われているのがとても問題だよね」

「梅ちゃん、世界で山火事が頻繁に発生しているんだもの、それくらいは減少しているかもね」

「さっちゃん、その考えは短絡的だよ。

河川の上流の森林伐採により保水機能が失われ、土砂災害が起こるのよね。利益ばかり追い求める会社が何も考えず、森林を伐採したり、土砂を採取した結果、結局小高い山の下で何年も昔から生活していた人たちの家屋が、人命とともに土砂で流されてしまう光景は、毎年に目にするわね。

　だから山に勝手に手を入れるのは大変危険なことなの。新しい苗木を裸の山へ植林することは、とても大切だし、また、手が入っていない山林にある木々に太陽が当たるように整理するのは、とても大切な仕事なので、もっと林業の仕事に魅力を感じて若者がたくさん従事してくれたらいいのに。都会のおしゃれな仕事より、はるかにやりがいがある仕事だと、おばあちゃんは思うけど」

「そうね、私も山の仕事に人が集まらないのは不思議に思うけど。ある有名大学を卒業した若い女性が就職先を林業と決めて、毎日山で、高い木に登って木を整理している姿をテレビで見た時、私は素晴らしい仕事をしているなと憧れを感じたわ」

「その女性はとてもしっかりとした信念を持っているのね。おしゃれとかレジャーとかは無縁だものね。とても地味な仕事に生き甲斐を感じているなんて、なかなか深い志があると思う。将来をしっかり見据えているんでしょうね」

## 災害時に備える

「ところでさっちゃん、日本には過去、四大地震があったことを知ってる？」

「分からない、まだ生まれていなかったから」

「そうね、生まれていないのは当たり前ね。１９２３年の関東大震災からはちょうど１００年経ったのだけど、その後二つめは、１９９５年の阪神・淡路大震災、そして２０１１年の東日本大震災と、四つめは、２０２４年の能登半島地震。

関東大震災の時は3日間火事が消えなかったんだって。その時の復興金額は55億円かかったそうで、今に換算したら膨大な金額でしょうね。

阪神・淡路大震災の復興資金には73兆円を要したそうで、東日本大震災の時は92兆円の国家費用がかかったそうよ。

関東大地震の経験から、東京では1万２０００ヵ所の公園を作ったんだって、街路樹に、いちょうの木が選ばれたのには理由があって、火に強く水をたくさん含んでいるので燃えにくいと分かり、防火のために植林されたんだって」

「3日間も火事が消えなかった教訓が、もたらした結果なのね」

「阪神・淡路大震災の後に携帯電話が普及したのは、安否を知るのにとても困った経験からで、崩壊している中では肌身に持っているとすぐ連絡がとれて、携帯電話が便利だと分かったかららしい。

ボランティアもこの頃から普及して、皆が助け合う精神が生まれたらしいわ。震災のニュースをテレビが連日放映して悲惨な状況を伝えたので、学生たちがそれを見て立ち上がって協力したんだって。災害電話番号は171を回すとつながるらしいよ」

「テレビの影響は大きいね。日本中のすべての人々に伝わる手段としては、早いわね」

「それからね、消防車のホースのつなぎ口の大きさが県によって全部違っていたことも、その時に分かったんだって」

「まさかそんな初歩的なことがそろっていなかったなんて信じられない、阪神・淡路大震災の時のことね」

「基本的なことだと思うけど、全国から消防車が駆けつけた時、ホースとホースをつなごうとしたらホースの口が合わなくて使えなかったんだって。その教訓から、全国一律にホースの大きさをそろえる決まりが、できたんだって。そしてその時からドクターヘリが、活躍するようになったらしいよ。

震災が起こったらどこへ逃げるのがいちばん安全だと、さっちゃんは思う？」

「公園でしょ？」

「違うのよ、ガソリンスタンドが震災に強いということが分かったの。阪神・淡路大震災の時、火事が起こらなかったのはガソリンスタンドだけだったんだって」

「梅ちゃん、どうして？　いちばん危険に感じるけど？」

「それがね、ガソリンを入れている地下の場所は、とても頑丈に作られていて、しっかりしているんだって。だから震災後に、空からヘリコプターで撮影したら辺り一面焼け野原の中に、どこのガソリンスタンドも何の影響もなくそのまま残っていたので全員驚いたらしいよ」

「そうなんだ。ガソリンはとっても危ないものだから、地震が来ても大丈夫なように、工夫して強く作られているのね」

「東日本大震災は、少しは、さっちゃんの記憶には残っている？」

「私が生まれた時だから少し無理だと思う」

「世の中がひっくり返るほど、大変だったの。

原発の冷却機が壊れたので、放射能のことで、国中が大騒ぎになったの。

皆、神経がピリピリして、放射能の怖さにおののいたわ。いちばん気の毒だったのは福島の人たち。ほとんどの人が自分の大切な家を残して仮設住宅へ移らなければならなかったからね。

そもそも福島原発の原子炉を設計したのはアメリカ人だそうよ。アメリカは竜巻が起こることを想定して設計したんだけど、日本で原発が作られた場所は津波の被害に何度も遭って、昔の人が大きな地震が来たら山へ逃げなさいと石碑まで残して、警告を出していた場所だったの。本来なら原発の燃料棒を冷却する大切な場所を海の側に設計せずに、山の上に設置しなければいけないものを、低い位置に設計していたことにより、あのような大きな津波にのまれて壊れてしまい、冷却できなくなって大惨事になったんだよ。なんて愚かなこと。よく考えたら防げたはずなのに……おばあちゃんは残念に思うわ。

津波の怖さを忘れてしまった人間の愚かさを、後世に伝えていくことが大切よね」

「梅ちゃん、東日本大震災が起こったことによって、ＳＮＳが一気に世間に広まったと先生が教えてくれたわ。理由は既読機能があることにより、生きているのかとか、今どこにいるのかとかが分かるので、猛スピードで広がったらしいよ。

寄付が普及して、その時にできたのが、ふるさと納税なんだって。お返しはいらないからどうぞ使って下さいなんて、言う人もいるらしいよ。

あれから12年経った今でも、３万人の人が避難しており、１０００人の人が家を失って帰れない状況下にあるんだって」

「東日本大震災から震度6弱以上の地震が27回起きているんだってね。学者は、地球の活動期に入っているのではと解釈しているらしいけど、さっちゃんはどう思う？

日本列島周辺はプレートが多いので、地震が多い理由の一つとしては、北米プレート・太平洋プレート・フィリピン海プレート・ユーラシアプレートの4つのプレートが接しているということがあるわね。

ストレスがかかるとプレートが動いて、地震が起こるらしいけど、人間がよく使う、このストレスという名前は、プレートからの由来らしいよ。

ハワイ島は数センチずつ、毎年日本へ近づいているらしいよ」

「先生が言うには震度は私たちの体感で、マグニチュードは地震のエネルギーを表しているという違いがあるとのことなの。震度が一つ違うだけで32倍の揺れの強さの違いがあるみたい。アメリカでは、震度は被害を示しており、日本は揺れを示すもので、各国で解釈が違うから数字だけでは比較できないんだって」

「東日本大震災の時、帰宅困難者が2万7000人出たそうで、それから国も考えを変えて混乱を起こさないようにいろいろな案を練って提案しているわ。そのような人たちにはコンビニがトイレを提供したり、駅もシャッターをおろさないで休ませてあげる場所をつ

郵便はがき

料金受取人払郵便

新宿局承認

2524

差出有効期間
2025年3月
31日まで
(切手不要)

1 6 0-8 7 9 1

1 4 1

東京都新宿区新宿1－10－1

(株)文芸社

愛読者カード係 行

| | | | |
|---|---|---|---|
| お名前《ふりがな》 | | 明治 大正<br>昭和 平成 年生 | |
| ご住所《ふりがな》 | □□□-□□□□ | 性別<br>男・女 | |
| お電話番号 | (書籍ご注文の際に必要です) | ご職業 | |
| E-mail | | | |
| ご購読雑誌(複数可) | | ご購読新聞 | 新 |

最近読んでおもしろかった本や今後、とりあげてほしいテーマをお教えください。

ご自分の研究成果や経験、お考え等を出版してみたいというお気持ちはありますか。

ある　　ない　　内容・テーマ(

現在完成した作品をお持ちですか。

ある　　ない　　ジャンル・原稿量(

| | | | | |
|---|---|---|---|---|
| 書 名 | | | | |
| お買上 書 店 | 都道 府県 | 市区 郡 | 書店名 | 書店 |
| | | | ご購入日 | 年　　月　　日 |

本書をどこでお知りになりましたか?

1.書店店頭　2.知人にすすめられて　3.インターネット(サイト名　　　　)

4.DMハガキ　5.広告、記事を見て(新聞、雑誌名　　　　)

上の質問に関連して、ご購入の決め手となったのは?

1.タイトル　2.著者　3.内容　4.カバーデザイン　5.帯

その他ご自由にお書きください。

(　　　　)

本書についてのご意見、ご感想をお聞かせください。

①内容について

②カバー、タイトル、帯について

弊社Webサイトからもご意見、ご感想をお寄せいただけます。

ご協力ありがとうございました。

※お寄せいただいたご意見、ご感想は新聞広告等で匿名にて使わせていただくことがあります。

※お客様の個人情報は、小社からの連絡のみに使用します。社外に提供することは一切ありません。

■書籍のご注文は、お近くの書店または、ブックサービス(0120-29-9625)、セブンネットショッピング(http://7net.omni7.jp/)にお申し込み下さい。

くらせたり、会社にとどまった時のために、水や毛布や軽食などを備蓄しているらしい。そして四番目に最近では2024年の1月1日の能登半島の大地震が大きかったね。さぞ現地の人々の恐怖と苦労が察しできるわ。早く復興することを願っているわ。これからは、相模トラフ、南海トラフ、首都直下地震などが、想定されているけれどとても心配ね。

日本中に活断層があるのはすごく怖いと思うけど、東京など都心部のビルの下は、調査不能なのではっきりしたことは分からないらしいよ。

30年経つと危ないと言われているけど、いつも気を付けていないとね」

「梅ちゃん、学校で習ったんだけど、
・ヘルメットはほたての貝がらから作られているんだって。
・もっとびっくりするのは、えんぴつのシンはね、古くなった衣類を一度焼却して、その灰を固くかためて作るんだって。
・スリッパは、新幹線の使わなくなって捨てる座席の布から再利用しており、今までに1200tを廃棄していたんだって。
・使えなくなったキャッシュカードは細工して、アクセサリーに生まれ変わるらしい。
・着火剤は、動物の排泄物を焼却して、その上にロウを混ぜて、それから間伐材を混ぜて、作るらしいよ。

今まで焼却して廃棄していたんだけど、温暖化を心配して何tと捨てていたものを$CO_2$を出さずに再利用を考えたらしいと、先生は言っていたわ」

「さっちゃん、とてもいい話ね。私たちの知らないところで皆、一生懸命考えているのね。ごみが出ることを防いだり、減らしたり、リサイクル・リユースをして、ごみの発生する量を大きく減らす。SDGs12番目の目標『つくる責任　つかう責任』を実践しているのね」

## 魅力ある地方に目を向ける

「先日テレビで見たのは、東京一極集中がとても問題だと話していたわ。

農村の若者たちが大挙して都市の方へ移動してくる現象があり、そのことによって労働力需要は満たされるけれど、都市の人口集中や自然破壊、地価高騰や大気汚染や交通渋滞などを生み出すことになってしまう。都市人口が増えると、自然災害も多くなり、交通渋滞が日常化してしまい、大気汚染や$CO_2$の排出量が増えて、良いことは一つもない。これからは、地方分権化して政治を分散させたり、リモートワークを増やしたりして、持続可能な街づくりをするべきだと話していたわ。日本全体が変わってゆき、過疎地をなくしたいわね。ＳＤＧｓの目標の11番目にも『住み続けられる街づくりを』という項目があるのは、さっちゃんも知っているよね」

「私も最近知ったんだけれど、農業が見直されており、都会のレストランから依頼が来たり、地方では、農業大学を卒業した若者の居住などで、人口が少しずつ増えつつあるみたいだよ。

梅ちゃん、それは多くの人に気を使わなくてもよいことがあるし、働いただけ収入は入るし、それをまた新しい品種を開発して、どんどん質を上げていく研究をすることに喜びを感じている人も増えているらしい。大企業も農業に進出してきており、都会の舌の肥えた人々の要求に応えるべく、珍しい野菜の栽培に力を入れ、人口が増えてきているらしいよ」

「そうなんだ、おばあちゃんは、少し安心したよ」

「都会でコンピューターを操作しているより農業の方が面白いと話している人がたくさんいたわ。その中には不思議なことに都会でＩＴ企業に勤めていた人やエンジニアをしていた人がいて、私驚いたの、地方の過疎化とか経済的な衰退の歯止めになるし、また、空き家問題にも一役かっていることも事実よね」

「そうそうなのよ、空き家が過疎地では増えてきていると聞いていたけどおばあちゃんも、先日のテレビを見て驚いたの。

地方は都会に比べてとても物価が安いこと、それに自然が周りにいっぱいあって空気がきれいで、子どもを育てるには環境がとてもいいし、若い世代が憧れを持ってやってくる気持ち、理解できるわ。周りには畑や田んぼがあり、目的があれば働く価値は見出せるし、また、行政の補助金もあるらしい。自治体が人口を増やすのに若い世代に期待しているので、イノベーションとか、リフォーム代とか、職業の斡旋にも力を入れていて、次世代の赤ちゃんが増えることを望んで援助が出るらしい。とってもいいことだと思うわ、おばあちゃんは」

「私もそう思うわ、都会のゴミゴミした中で生きるより人間らしく、生きられるかもしれないね」

「さっちゃんとおばあちゃんで少しでもＳＤＧｓに協力しようと考えてから3年が経ったけれど、あれから少し進歩したかな？」

「梅ちゃん少しは変わったみたいよ。
・自家用車をなるべく使わずに公共交通を利用すると$CO_2$が減ること。
・冷暖房の温度を1℃調整すると18倍もの$CO_2$削減効果がある。
・電気自動車を選ぶこと。
・節電や節水に心がける。
・プラスチックの製品は買わない。
・過剰包装のものは買わない。
・リサイクルショップの有効活用。
・フードロスを減らす。
おばあちゃん、これだけでもとても違ってくると思うよ」

## 若者の行動力は無限大

「そうだね少しずつだけど、意識を変えることよね。

ところで若者の中には、時々素晴らしいアイデアでノーベル賞的な考えを実行に移す青年がいると、おばあちゃんは常に思っているのだけれど、今回も、そのような人物が出てきたんだよ。

さっちゃんに教えるね。新聞に特集で掲載されていたんだけど、村木風海《かずみ》という23歳の青年なんだけど、深刻化する地球温暖化により、この夏も世界各地で異常な高温が観測されて、『地球沸騰』という言葉が生まれたよね。

原因となる大気中の二酸化炭素（$CO_2$）に幼い頃から興味を持ち、$CO_2$回収技術の開発に取り組んできたんだって」

「びっくりするわ、梅ちゃん、23歳の男性が、幼い時から$CO_2$に興味を抱いていたなんて、すごいよ」

「そうなんだよ、小学4年生の時におじいさんから一冊の冒険小説を贈られたんだって、〝車いすの天才物理学者〟と呼ばれた、スティーブン・ホーキング博士の本で『宇宙への秘密の鍵』という本だったんだって。そこに書かれていたのは、探査機が火星で撮影した青い夕日の美しさに、彼は心を奪われる一方、大気のほとんどが$CO_2$で、生物が生存できないという内容で、そこで初めて驚愕の事実を知ったらしい」

「小学校4年生の時に、$CO_2$があると生物が生存できないなんて理解したこの少年に、梅ちゃん、私は驚いたわ」

「そして彼は$CO_2$を取り除いて火星に住みたいと、その時、初めて夢を膨らませたんだって」

「そうね、小学4年生が、そんな壮大な夢を持っても誰も興味を示さないし、冗談を言っているとしか受け取らないと思うし、梅ちゃん、とても小さい時からこの子は、夢のある子どもだったのでしょうね」

「そして彼は、図書館の本を読みあさり、理科の先生を質問攻めにしたようよ」

「へえ……理科の先生より、知識が上だったかもね」

「そんなことで$CO_2$を集める方法を調べたらしいわ、高校2年生になった2017年に早くもなんと、アルカリ性水溶液に$CO_2$を吸収する特性があることが分かったんだって。

まだ2017年ではさほど$CO_2$について話題のない頃だったと、おばあちゃんは思うのだけど、集中力があるのか、人一倍努力家だったのね」

「驚くしかないわ、どんな両親で、どんな教育を受けたのかしら、興味あるわ」

「そして2017年、彼はアルカリ性水溶液が$CO_2$を吸収する特性を利用して、とうとう回収装置を発明したんだって」

「すごい感心する、ノーベル賞ものね」

「そして地球を冷やしたいとの思いから、〝ひやっしー〟と名づけたそうよ。素晴らしいわね。宇宙のゴミを集めることに成功したのも若い青年だし、紅鮭の養殖に成功したのも大学生だったし、今の若者は、すごいわね、おばあちゃんは驚くばかりよ。そして彼は、２０１９年に優れた科学研究を行う中高生に贈られる『大村智自然科学賞』を受賞したんだって」

「そうでしょうね、とても凡人では考えられないことをしたんだから当然だと思う」

「表彰式ではね、ノーベル生理学・医学賞を受賞した大村智さんに、〝おめでとう〟と声をかけられたんだって。そして〝科学者の大先輩に会えて感激した〟と感想を述べたらしいよ。現在は東京大学在学中に設立した『一般社団法人炭素回収技術研究機構』に在席しているらしいわ」

「おばあちゃん、頭のいい子は人生のレールがひかれていて、その上を走っているような気がするわ」

「それはさっちゃん考え過ぎよ。一生懸命努力した結果の出来事で、皆、人に言えないくらいの勉強を続けている。並大抵の勉強ではないと思う。

そして今は企業と組み、集めた$CO_2$から自動車や飛行機を動かす燃料を生み出せないか、試行錯誤を重ねているらしい」

「優秀な、そういう人間にはまた、とても優秀な企業が集まってくるのでしょうね。私はそう思うわ」

「そしてね、$CO_2$は悪者に扱われがちだけど、可能性の塊でもあるんです、と述べたのよ。彼は歩みを進めれば夢に一歩近づくと信じているらしい。

おばあちゃんはとっても感動したわ、このニュースを読んだだけでも得した気分になったわ。

彼は『フォーブスジャパン』の『世界を変える30歳未満の日本人30』に選ばれており、若いのに『ぼくは地球を守りたい』と『火星に住むつもりです』の2冊の本を出版しているの。

さっちゃん、私、早速その本買ってくるわ。早く読みたいし、さっちゃんにも、読み終ったら貸してあげるわ」

「彼のように小学生の頃から自分の興味のある方向へ、どんどん進んでゆくのは素晴らしいことね」

「彼以外でもテレビで知ったのだけど、まだ小学生なのに、大人顔負けの知識を持っている子が、いっぱいいいて、そのご両親も子どもに付き合っているのが偉いと思った。

たとえば、『お城』『徳川家康という人物』また『魚類』『鉄道』『宝石』『野菜』『英語』

などに深く入り込んで調査をしているのには驚くわ。英語は塾などに行かず、観光地に住んでいることを利用していた。放課後に外国人が多数毎日やって来るので、土地のガイドを務め、まったく日本語を使わずに、片言の英語と身振り手振りで説明するの。外国人も可愛いい子どもが説明するので協力してくれて、そこで生きた英語を学ぶことにより、今では、スラスラ話せる小学生がいることを知ってね、一つのことに興味を持つことは、将来絶対に何か進路にも影響するのではと思った。ご両親の協力にも感心したし、おばあちゃんは、感動したわ」

「そうだったの、私も何か興味のあることを探しているんだけど何もないわ」

「あるじゃない、ＳＤＧｓ。おばあちゃんとこれからもどんどん深くたくさん調査していこうよ。誰にも負けないくらい、いろいろ知識を深めていこうね」

## 人や国の不平等をなくす

ＳＤＧｓの達成度ランキングでは日本は15番目です。やはりヨーロッパが優秀のようで、アメリカは41番で中国は56番です。

ヨーロッパはとてもしっかりＳＤＧｓを守っていることが分かります。

世界の人口は約77億人だけど、その中で直面している問題があります。

世界で7億人（10％）が極度の貧困の中で暮らしており、世界で約8億人（10％）以上が栄養不良に陥っています。

世界には７０００万人以上もの難民がいます。

世界では電力を利用できない人が約8億４０００万人います。

世界では約7億８０００万人（10％）が安全な水を確保できていません。

約7億５０００万人（10％）の人々は文字の読み書きができません。

世界の６～14歳の子どものうち、５人に１人が学校へ通えません。

今のまま２０５０年まで海洋汚染が続けば海の生物よりゴミの方が多くなります。

世界で年間約５４０万人もの子どもたちが5歳未満で命を落としています。そのうちの約半数は生後１ヵ月未満の新生児なのです。

「さっちゃん、世界の77億人の中でおばあちゃんが述べた問題はとても深刻で、悲惨な人生を送っている人々がいることが分かるでしょう」

「分かるわ、貧富の差が一つの国の中でも起こっているのね。私は貧困の解決と教育に熱を入れることが大切なんだと感じたわ。まずは貧困をなくしたいわ」

所得額で比べた場合、貧困層の半数以上はサハラ以南アフリカの人たちとされているそうです。

貧困層は確実に減少しているようで、1990年から2015年をみてみると減っているのですが、先進国では、『相対的貧困』つまり貧富の格差が先進国に多くこれ以上拡大させないようにするのが問題なのです。

日本では6人に1人が月に10万円以下で暮らす状態で、特にひとり親家庭、とりわけシングルマザーへの支援は重要な課題となっています。

「飢餓をゼロにしたい、じゃあどうすればよいかって調べてみたら梅ちゃん、原因の一つに、なんと森林伐採があるんだって」

「あまりつながらないと思っていても関係があるのね、おばあちゃんも知りたいわ」

「森林伐採が原因で生態系の破壊や環境破壊が起こり、農地が使用できなくなることで、やむなくまた森林伐採を繰り返すという悪循環に加え、最近頻発する異常気象や、災害多発が、さらなる飢餓を生む原因となるんだって」

「そうなんだ、理解できたよ」

「それとね、主なクリーンエネルギーは誰もが望んでいるんだけどね。私が調べたところ、
・水力発電は、水資源に恵まれた日本には適したシステムだが、開発に対してコスト面からリスクが高く、周辺に住んでいる環境への影響などの課題があるらしい。
・地熱発電は、水力発電と同じく火山帯に位置する日本に適したシステムで、発電量は少ないけれど、電気の安定供給が可能なんだって。
・バイオマス発電は、動植物から生まれた未活用の廃棄物を燃料とする発電方法なんだけど、廃棄物の収集や運搬や管理にコストがかかるので問題があるんだって。
・風力発電は、風のエネルギーを電気エネルギーに交換するのだけど、風がなければ発電できない。
・太陽光発電は、太陽がエネルギー源でどこでも設置できるけど、太陽が出ない時は発電できない」
「だけどさっちゃん、今年のように暑かった年は、太陽光発電はとても条件が良かったんじゃない？」

「そうね、そう思うわね。ただ線状降水帯が発生した場所では、風の強さで太陽光パネル

が壊れることもあるかもしれないわね」

「それとね、世界では、労働問題がいろいろあるらしいよ。２０１６年には、約２４９０万人が強制労働の被害にあったと推計されているんだって」

「今の時代に強制労働なんて、私ピンとこないわ」

「児童労働問題では、世界の５歳～17歳の子どものうち、10人に１人は働いているんだって。おばあちゃんもびっくりだよ。失業問題では、２０１９年の世界の失業者は約１億８８００万人だって」

「だから世界中で仕事のない人の中から悪いことへ手を出す人が出てくるのかな」

「15歳～24歳の若者のうち、22％は職もなく通学もしていない」

「梅ちゃん、それは完全に政治が悪いと私は思うわ」

「男女の賃金格差では、世界平均で男性の賃金は女性の賃金の12・５％上回っているんだって」

「この問題は梅ちゃん、日本にも共通する問題で、どうしても日本の女性は昔から家庭や子どもを大切にして、手が空いた頃働き出す傾向があるの。トップクラスの上席に着いたり、会社でリーダーシップをとることをはじめから望まない人が多い国なので、お国柄もあるわね」

「日本では労働の課題はどうしているのか調べたの。
（1）労働人口の減少　（2）出生率の低下　（3）労働生産性がG7で最下位　（4）過労死問題　（5）女性・若者の活躍推進　（6）役席ばかり高い賃金は変　（7）長時間労働の是正　（8）テレワークの普及問題　（9）子育て支援　（10）副業・兼業の解禁など、課題は山積みになっているわ」
「梅ちゃん、私が思うのは、前も述べたように、ITを理解できない人を年功序列でトップに座らせておけば世界に置いていかれるわ。G7で最下位なんて恥ずかしい、もっと若者が活躍できる会社にするべきだと思う。仕事ができる人はどんどん昇給できるシステムが良いと思うし、女性も、男性に遠慮しないで意見を述べるといいと思う」

「SDGsの目標の10番目に『人や国の不平等をなくそう』があるわ。

でもね、現実は約10％のお金持ちが世界の所得の約40％を占領しているんだって。

2017年に調査したところ、大金持ちの8人が、貧しい人の36億人に匹敵する資産を所有していると発表されたのはどう思う？　さっちゃん」

「私ね、ある程度のお金を所有している人には、貧しい人に配ったり、病院を建てたり、学校を作ったり、お年寄りが住み安く楽しい人生を送れるように老人ホームを建てたり、仕事のない人に職業を与えたり、家のない人に家を与えたり、いくらでもアイデアがあるから皆が幸せに暮らせるよう考えてほしい、だって人は寿命が決まっているのだから生きている間に有効にお金を使ってほしいと願うわ。きっとその人の心も豊かになると思う」

「そうね、さっちゃん、とってもいいアイデアだとおばあちゃんも思う、皆が人間として生まれて平等に生きることが大切よね、生まれながらにして何もかも苦労なしの生活が待っているなんて、その人は本当に幸せなんだろうか？」

世界の平均気温は、１８８０年から２０１２年の間に０・85℃上昇しています。日本でもこの１００年ほどで、１・14℃のペースで、気温が上昇し、降水量も増えています。

その原因は、温室効果ガスが増え過ぎたことによる地球温暖化だと、考えられています。温暖化は気温の変化だけではなく、ハリケーンや台風、集中豪雨、海面上昇などをもたらすほか、猛暑や干ばつなどの原因になります。

パリ協定では産業革命以前と比べて世界の平均気温上昇を１・５℃未満を目指すことが盛り込まれました。すべての国が２０２０年以降の温室効果ガス削減目標の国連への提出を義務づけられ、各国は自主的に目標を決め、そして、５年ごとに報告することになったのです。

国別の二酸化炭素排出量の割合は、中国28・0%、アメリカ15・0%、インド6・4%、ロシア4・5%、日本3・5%、ドイツ2・3%となっています。

「梅ちゃん、国別で見てみると、とてもはっきり二酸化炭素排出量が分かるわね」

「そうね、でも日本は人口の面からいうと、もっともっと頑張らないといけないわね」

「私も、そう思ったわ」

「現在地球上には、陸地面積の30%以上を占める約40億haの森林があって、世界の天然林面積は2010年から2015年までの間に年間650ha減少しているんだって。

森林とその周辺の湿地、河川、湖沼などは広範囲にわたる生態系と生物の多様性を守っており、森林破壊や砂漠化が進むと生態系のシステムが崩壊し、さまざまな生物の絶滅を招き頭を悩ましている。

と、新聞に書いてあったけど、森林は、本当に人間にも動物にも、とても必要なんだね」

「梅ちゃん、私も学校で習ったけど陸の自然が生物の多様性を守っているって、先生は話されたわ。たとえば湿地では、トンボ、ゲンゴロウ、アメンボ、河川ではメダカ、アユ、ホタル、湖沼ではカモ、ザリガニ、ドジョウ、森林ではキツネ、タヌキ、イノシシ、さまざまな生き物がいることが、生物の多様性を保つことになるんだね」

「さっちゃん、近頃山からキツネやタヌキやイノシシやシカやクマが民家に下りてきて畑の作物を食い散らしているようね。ニュースでは、動物が悪物として扱われているけど一昔前はこんなことなかったんだよ。やはり森林を破壊したのは人間なのよ」

「そうね、食べ物も森林がなくなるとなくなってしまうから食べ物を求めて山から下りてくるんだから、迷惑しているのは動物だよね。森林って本当に人間にも動物にもとても大切なんだね」


２０１９年の国連報告書は、今後数十年でおよそ１００万種の生物が絶滅する恐れがあると、警告しました。

また、現在地球上にいる生物の約25％が脆弱な状態にあるとも報告されました。

そうならないために、森の木を切ったら植林する、希少な野生動物の売買を禁止するなど、陸上の生態系を保全する取り組みが行われています。

国連報告書の内容には、絶滅危惧種は、両生類41％・針葉樹34％・サンゴ類33％・サメやエイ類30％・一部の甲殻類27％・哺乳類25％・鳥類14％とあります。

現在３万１０００種以上の生物が絶滅の危機にあるそうです。絶滅の主な原因は絶えない密漁、森林の伐採、生態系をおびやかす外来種などです。ＳＤＧｓの目標14にも「海の豊かさを守ろう」があり、海と沿岸の生態系を回復させるための取り組みを行うことが掲げられています。


「さっちゃん、絶滅危機は避けたいわね」

「そうね、外来種を簡単に手に入れて、成長してくると狭い部屋で育てるのは難しくなってくる、それに餌代がかかるようになると簡単に近くの川や海へ捨ててしまい、それがその後繁殖すると、従来の日本の魚類や小さな魚が負けて餌にされてしまい、だんだん日本種がいなくなってしまうなんて悲しいわ。簡単に外来種には手を出さないことと国が密売には目を光らせてほしいわね」

「それとね、世界の多くの子どもたちは大人の勝手な紛争にまき込まれていると、テレビで言ってたわ。約5億３５００万人もの15歳未満の子どもたちが、紛争や災害の影響下で暮らしているらしい。現在ではウクライナやその他の国の子どもたちを合わせると、世界の子ども人口の約４分の１にあたるそうよ。

　ウクライナの小学校は爆弾で１７００校が破壊されたんだって」

「梅ちゃん、再建されるには、ものすごい年月がかかるかもしれないわね、早く戦争が終わるといいね」

「また、国がしっかりしていないと途上国では、出生登録されていないため身分が証明できず、適切な教育や医療を受けられない子どもたちが大勢いて、さらに世界の58ヵ国では約17％の子どもが体罰を受けたことがあるそうよ」

「梅ちゃん、とても悲惨だし誰に責任があるのか分からないけど、かわいそうで残念に思うわ」

「やはりおばあちゃんは国の政治の貧困だと思う。それには教育がとても大事で、力を入れてほしいわね。世界に7000万人以上いると言われる難民の5割が18歳未満だって」

「私、テレビのニュースで、小さな子どもや大人が、とても安全とは言えない船にあふれるほど乗り、自分の行きたい国へ走り出しているのを見たわ。船に乗る人の気持ちは分かるけど、海の上で難破したり、嵐に遭って、どれだけの難民が命を落としているのかと思うと悲しいよ」

「おばあちゃんはね、人や国の不平等をなくさなくては、平和はやってこないと思うよ。今や世界では格差が広がり続けているんだよ。

　お金持ちの親に生まれた子どもがいる一方で、生まれながらに難民の子どもとして貧困生活をやむなくしている子どもたち、この差は何だと思う？」

「国がしっかりしていないからでしょうね、指導者が国民を守る力がなく経済力がないのでしょうね。働く場所を増やして自国で教育に重きを置いて国民全体をレベルアップしてとにかく仕事を増やすことと、貧困な国へ富裕な国は援助して、世界の人々が平等で暮らせることを願うわ」

「そうね、さっちゃんの考え、正しいわ。それをグローバル・パートナーシップと言うらしいよ。日本では働き方改革関連法ができたし、これによって過労死とかいう問題も少なくなると私は思うわ。

途上国では失業率の高さとともに児童労働が大きな問題で、5歳〜17歳の子どもの10人に1人にあたる約1億5000万人が働いているんだって」

「梅ちゃん、私その話を聞くと悲しくなるわ、そして世界は広いんだなあって感じるの。日常のテレビで見るのは、普通の生活をしている人ばかりだから、その陰で貧困層がいて、子どもが教育を受けられずに、大人の中に入って働かされている一面は、なかなか映されないから、格差が闇に葬られているのでしょうね。とても残念だと思う。こういう子どもを世界中の人たちが救おうという気持ちが欲しいわね。あまりにも貧富の差があるのは良くないわ。

梅ちゃんが前回、温暖化とコロナとは因果関係があるのかと疑問視していたけど、鳥インフルエンザも今年はウイルスにより殺処分がかなり多かったわ。今度は豚《とん》コレラが出てきて、殺処分をしているニュースをテレビでやっていたわ。すべて温暖化と結びつけるのは良くないけれど、ウイルスが活発になっているのは確かよね、数年前は、こんなこと、何も起こらなかったわ」

「今は早急に答えが出せないのでしょ。その理由は世の中が混乱すると良くないからね、何十年後かに答えが出るかもね」

平和は、すべての人が望んでやまないのですが、世界では約5億3500万人もの15歳未満の子どもたちが紛争や災害の影響下で暮らしています。

これは世界の子どもの人口の約4分の1にあたります。また世界では、受刑者のうち、約30％の人々が、有罪判決を受けないまま拘束されています。

「これは、どう理解したらよいのか、梅ちゃん教えて？」

「それはね、私の知る限りでは、共産主義の国に多いことだけど、いちばんは、国のトップと考えや思想が違った時、はっきり違うと分かっただけで、何も悪いことはしていないのに隔離され、一生涯、拘束され世の中へは出てこられないの。アウン・サン・スー・チーさんも軟禁されているわね。

でも日本は、言論の自由が守られているから、そんなことは絶対ないわ。共産圏では、トップに逆らうと何日後かに殺されて、この世からいなくなる人がいるわ。だから国民はとても発言に注意して、何か他国の人が質問しても答えてくれないし、話せませんと拒否するでしょ。どこで漏れるか分からないから怖いのよね。その点、自由に発言できる日本で良かったね」

「日本は民主主義国家だから、何か国に言いたいことや意見を述べることは自由だし、週刊誌が、総理大臣の悪口や政府のやり方に文句を言ってもお咎めなし、自由な国なので恵まれていると私は思うよ」

「共産主義の国では、首相の悪口が聞こえてくると思想が疑われて、たとえ大学教授や弁護士や検事でも捕まって、一生涯自宅へは戻れないのが普通なんだよ。

トップの悪口は、誰も口に出して言えないから政治が間違った方へ流れていっても、国民は誰も自分が可愛いいから文句は言わないわね。

首相一人の考えで国を動かしているから、とても危険だと思うわ、まるで裸の王様だよ。

中国・ロシア・北朝鮮の三国は、同じ思想だから他国はいつも警戒しているし対立したくない、と思っているでしょうね。

もし、自国の人間が、首相に反旗をひるがえしたら殺されるのは確実で、いつの間にか消されてしまうのが、共産主義の国のやり方なの。

日本の原発の処理水について、中国が認めず世界に対して批判を続けているが、さっちゃんはどう思う？」

「私は、処理水の世界の研究家がたくさん日本へ来て日数をかけて観察して、安全性を保証してくれているので、心配はしていないわ」

・世界の原子力関連施設のトリチウム年間処分量（液体）（単位　ベクトル）

（1）フランス　1兆　ラ・アーグ再処理施設（2021年）

（2）カナダ　190兆　ダーリントン原発（2021年）

（3）イギリス　186兆　セラフィールド再処理施設（2020年）

（4）中国　112兆　陽江原発（2021年）

（5）韓国　49兆　古里原発（2021年）

（6）日本　22兆未満　福島第一原発処理水放出時

「このデータを見てさっちゃんはどう思う？」

「中国は自国のことを隠ぺいして、他国を責めるのね」

「おばあちゃんが思うには、食料を輸入禁止にして、自国の国民の健康を守っていますというアピールがしたかったんではないかと思ったの」

　中国では、いちばんの大手の建設会社が倒産してしまい、それに続いてあらゆる建設会社が倒産しています。原因は、人手不足と材料の原価の高騰で、採算が合わなくなり大赤字で手を引いてしまい、建設途中の建物にはブルーシートがかけられており、完成していないマンションが何百棟も放棄されている光景は異様な感じがするのです。その上失業者が20%いるそうで、今、中国は経済の低迷には相当困っています。できることなら、日本経済と協力して景気回復を望んでいるようで、先日の国際会議では、相当偉い人物が日本経済と仲良くやっていきましょうと歩み寄ってきたそうです。

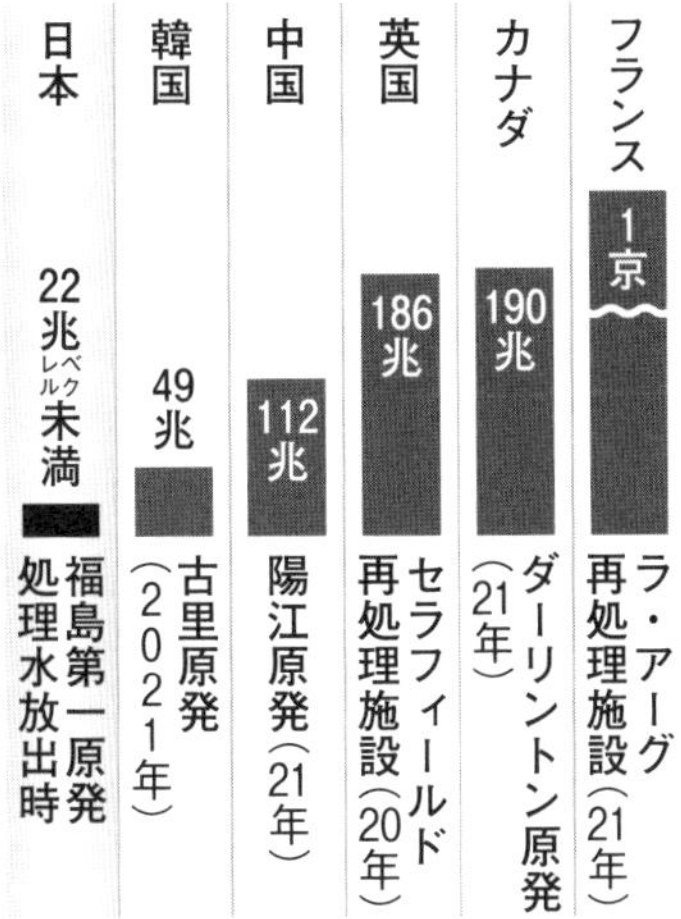


図2　世界の原子力関連施設のトリチウム年間処分量（液体）

裏では原発の処理水で、日本の食品を拒絶しながら一緒に手をつなごうとするやり方は、驚くばかりですが、それが中国のやり方なのです。

「私は時が静かに流れていくのを待っていれば、何事もスムーズにゆくと考えているので静かに理解を待つことが大切だと感じているわ」

「そうね、梅ちゃんの言う通りね。世界の研究者が立ち合って合格のサインを出してくれている限り私は安心しているわ」

## 企業の成長とＳＤＧｓ

ところで世界経済フォーラムでは、世界ではＳＤＧｓに協力する企業が増えています。

〝ビジネスを展開するうえで我が社はＳＤＧｓに配慮して頑張っています〟

そう言うと事業を展開するうえで取引先がヒントを与えてくれて、海外でビジネスをするうえで、スムーズに事が進むそうです。

どこの国でも事業者が省エネを前面に出さないと成立しないし、また省エネを前面に出せば企業価値も高まるそうです。

それだけ海外も皆が温暖化を深刻に考えており、ＳＤＧｓに協力することを述べると、この企業は伸びるだろうと、思われるそうです。

反対にＳＤＧｓの目標に反する行動を取る企業は取引先から、外されるそうです。

特にヨーロッパは、厳しい考えを持っているとのことで、そしてＳＤＧｓに協力している会社は、社会貢献していると評価を得ることができるそうです。

「梅ちゃん、私はまだ難しいことは分からないけど、先進国ではＳＤＧｓを中心に仕事を考えているんだね」

「そうなんだよ、ＳＤＧｓを考えない仕事は認められないそうで、日本より進んでいるみたい。

その結果、テレワークの普及展開などの施策が官民一体で進められているんだって。

日本でも「働き方改革」が決まり、主な取り組みは、同一労働、同一賃金の実現、そして仕事も早く終わらせて早く帰ろうとか、長時間労働の是正、副業と兼業の解禁などがあり、本当に人間らしい労働を目指して、とても良い法案が決まったと思う。過労死問題は今後なくなってほしいわね。
　今皆が考えなくてはいけない問題はね、

・消費者の食品廃棄物の削減。
・劣化した土地を復元して緑化活動に力を入れるといいと思うわね。
・電気自動車は今とても普及しているので、エネルギーの注入スタンドが増えるといいね。
・なるべく公共交通機関の利用する。
・オフィスを共有するのは今少しずつ進んでいるそうよ。
・牛乳の紙パックをトイレットペーパーにリサイクルする。
・ＩＴ技術で遠隔医療を行うことにより家で治療が受けられるようにするのをテレビで見たわ。
・カルテを電子化すると、とてもスムーズになって待ち時間が短縮できると思う。

　さっちゃんには、少し難しい問題だったわね」
「でも少しでも温暖化を考えているんだなあということは理解できたよ」

国連はＳＤＧｓの進捗状況を２０１８年に発表しました。

・１日１・90ドル未満で暮らす極度の貧困状態にある人は７億８３００万人。

・栄養不良の人々の数は２０１５年の７億７７００万人から、２０１６年には８億１５００万人へと増大しました。

・南アジアでは女児が子どものうちに結婚するリスクが40％以上も低下しました。

・２０１５年の時点で23億人が依然として基本的な水準の衛生サービスさえ受けられず、８億９２００万人が、屋外排泄を続けています。

・２０１６年の時点でほぼ10億人が電力を利用できていません。

・２０１７年の時点で災害に起因する経済的損失は３０００億ドルを超え近年でもまれにみる大きな損失となりました。

「さっちゃん、国連の発表はやはりすごく正確で、恵まれない環境を綿密に徹底的に細いところまで目を向けて発表した内容に、おばあちゃんは、感心したよ」

「そうね、私も一つ一つよく調査されているところに驚いたわ。でも世界には、こんな悲惨な運命の人がいるんだと分かり、また、幼い子が苦労しながら生きていることを知って、私、とっても悲しくなったわ。同じような年頃なのに勉強もできず悪い環境で一生懸命生きているんだなあと感心したわ。私の今の生活は当たり前ではないことを知ったわ」

「そうね、さっちゃん、自分の今の環境が当たり前と思って生きてきたと思うけど、これからは、世界にはいろいろな子どもがいるって分かって感謝の気持ちが生まれたことは、おばあちゃんは良かったと思う」

この温暖化を打破するためにも世界経済フォーラムでは、ＳＤＧｓに関する企業は年間12兆ドルの経済価値と最大３億８０００万人の新規雇用が見込まれている予定、と述べました。

「ということは梅ちゃん、ＳＤＧｓに関わるビジネスは、チャンスがあるということなの？」

「そう解釈するわね。

やはり日本よりヨーロッパの方がＳＤＧｓに敏感で力が入っていることが分かるわね。

そういえば過去温暖化に協力した国はすべてヨーロッパで、日本が15位だったのが今理解できるわ。だから自動車会社は、電気自動車や空気を汚さない車を作ったり、またエネルギーに取り組む事業も、省エネエアコンやＬＥＤ電球など家庭に負担をかけない商品に注目しているわね、医療分野もＩＴ技術を導入して、カルテの電子化や医療現場でのＡＩ活用をしているわね。日本もヨーロッパに遅れないように頑張るべきよね」

２０１６年に日本とＥＵの企業を対象に、企業活力研究所が実施した調査によると『ＳＤＧｓがビジネスチャンスにつながる』と回答した日本企業は、37・1%にとどまりました。一方、ＥＵ企業は63・5%にのぼりました。この結果からもヨーロッパの企業は日本企業に比べ、ＳＤＧｓに対する意識が一歩先を行っているということが分かるのです。

「やっぱりさっちゃん、日本は考え方が遅れているわね。もっとＳＤＧｓのビジネスに力を入れないとね」

世界有数の一般消費メーカーのＣＥＯも次のように述べています。「貧困を放置することは、ビジネスの機会の喪失を意味する。そこには新規市場、投資、イノベーションを通して得られる何兆ドルという利益が眠っている。しかし、これらを勝ち取るためには、ビジネスのやり方を変え、貧困、格差、不平等、環境課題に取り組む必要がある。ＳＤＧｓの達成は、より衡平で強靭な世界という、好ましいビジネス環境をもたらす。これからは、ＳＤＧｓに取り組まない企業は投資家の投資対象から除外される傾向が強くなっている」

「日本はヨーロッパの半分くらいの企業しか、新たなビジネスチャンスとしか考えていないところが、とてもおばあちゃんは遅れていると思ったわ」

「梅ちゃん、私には難し過ぎるけど、日本は少し遅れているのね」

ＳＤＧｓ推進のために連携も大切、利益だけを追求する時代は終わりました。これまでと変わって他者と連携しないと経済は発展しないでしょう。

・農業機械製造メーカーK社
人が乗らずに農作業を行う自動運転トラクターを開発。
３Ｄダイナミックマップの活用など自動車メーカーの技術を取り入れ技術発展に努めている。

・空調機器製造メーカーD社
空調機などのＩＯＴ（インターネット）センサーでオフィス内の人の数や位置などのデータを取得し、働き方改革につなげる取り組みを実施。

・食品素材メーカーFグループ本社
パーム油の持続可能な調達のため、マレーシアの現地ＮＧＯと組み、ボルネオ島の農家の生産向上と労働改善を目的として教育支援を実施。

・大手製造メーカーY社

２０１７年度から「心の復興」事業に大手通信業Ｄ社と連携して活動を展開、音楽を通じた地域貢献を行っている。

「この話はとっても難しい話だわ、梅ちゃん説明して」

「そうね、自社で研究してものづくりをするのは、今まで当たり前だったけれど、それより良い物をさらに作りたいと願った時、他の企業の得意分野の技術と提携して、より良い製品を作り完成させていくということなんだけど、一昔前とは違ってきた発想だとおばあちゃんは思ったわ」

「私は月に到達した日本製のロケットが、月の土の上を歩くデコボコな土地をタカラトミーのロボットが歩いているのをビデオで見たわ。これも宇宙開発企業がおもちゃの会社と共同で造ってもらって得意分野を任せたんだって」

## あらゆる差別や暴力をなくす

「2022年に日本の女子大史上初めての工学部が設置され、さまざまな分野でジェンダーレスが進んでいるわね。

世界的に女性エンジニア不足は大きな課題だったから、女性の発想力やデザイン、使いやすさなど、ソフト面を強化した工学へソフトチェンジする時が、やってきているわ。さっちゃんも、高校入試が目前だけど工業大学の付属高校へ入学を希望しているのよね」

「そうね、私も昔、皆が進む道より自分らしい進路を探していて、やっと自分の趣味と合致したようで、思う存分学んでみたいし将来はその女子大の工学部へ進みたいわ」

「SDGsの中の17項目の中に『ジェンダー平等を実現しよう』という目標が5番目に入っていて、どんな職業も男女の垣根を作ってはいけないと掲げているわ。おばあちゃんは、とっても期待しているよ」


今、少子高齢化や、人口減少、労働力の低下、東京一極集中などの問題に対し、政府は地方の活性化を目指した「地方創生」を２０１４年から打ち出しています。

ＳＤＧｓの目指すゴールや、「誰ひとり取り残されない」という自治体活性化の原動力にしようというのが「地方創生ＳＤＧｓ」に託した政府のねらいなのです。２０１８年からは優れた取り組みを行っている自治体を選定し、支援をしています。

人口が減少している鳥取県では、活躍できる場所を「人づくり王国とっとり」として人材を集めています。また熊本県上天草市では、「島々を抱く穏やかな海とともに生き続けるためのプロジェクト」として、地方から若者を集めて働く場所や家を与えて住み良い街づくりに協力してもらい、将来は子どもたちが増えて定住してもらうのが目標で、地方の魅力を発信してＳＤＧｓに一役かっています。

「梅ちゃん、テレビを見ていると、私ね、Ｋ都知事が、これからは地方創生と、何回もスピーチしているのを見て意味が分からなかったけど、この説明を聞いて東京に一極集中している問題を解決するため、地方の過疎地に人を分散して豊かな街づくりを日本中に広げたい気持ちということなのね」

「そうそうさっちゃん、よく理解できたわ。だんだん問題も難しくなってきたんだけど、これもＳＤＧｓなのよ」

国際・国内紛争から家庭内暴力・暴力的犯罪まで争いや暴力はとどまることを知らず、

少数民族や女性への差別や排除も、またあとを絶ちません。
・世界で5分の1の子どもが暴力で亡くなっています。
・世界で3人に1人の女性が、一生のうちで身体的に暴力を受けています。

「梅ちゃん、私、先日テレビを見ていたら昨年の1年間に21万件の児童虐待があったとアナウンサーが話したの。私、耳を疑ってそんなバカなことがあるなんて、それも日本で、と思って聞いていると、望まない結婚で生まれた子どもが、被害を受けることが多いと語っていたの。

私、とっても悲しくなって、何も知らない小さい子どもが実の親に暴力を受けるなんて、許される行為ではないと本当に腹が立ったの。母親は、愛情を与えてくれるなにものでもない人なのに、何でそんなひどいことが平気でできるのかしら、私、見ていられなかったわ。動物の親子でも、お母さんは、生まれた我が子に、とっても愛情を注いでいるのに、大人の女性がその心を持ち合わせていないなんて悲しいわ」

「さっちゃんの言う通りよ。育てられ方の連鎖というのがあってね、親が体罰を受けて育つと同じことを子どもにしてしまうことがあり、代々つながるらしいの、だから環境は大事だと親から教わったことがあるわ」

「そうなんだ、子どもは大切に育てたいわね」

「日本は昔から親孝行という言葉があって、母の日などは、お母さんの喜びそうな物をプレゼントする習慣があるし、外国に比べて親を思う気持ちは強いとおばあちゃんは思っているよ。けれど最近は簡単に人を好きになって妊娠して、すぐ別れるから、子どもが邪魔になるのでしょうね。

将来年頃になって結婚を考える時は、慎重に考えて、末長く、年を取っても仲良く生きていける相手を選ぶべきよね。思いつきでは失敗するわ」

「私はまだ若いので考えたことがまったくないけど、そんな時期が来たら梅ちゃんの言葉を思い出して慎重に考えるわね」

## 世界の現場に立つ日本人たち

「世界にはね、さまざまな国際NGO組織が人道支援を行っているんだよ」

「私は全然知らない。梅ちゃん教えて」

・BRAC（バングラデシュ）1972年〜
農業開発・教育・保健支援
ノーベル平和賞を受賞している
・国境なき医師団（フランス）1971年〜
医療支援
現在世界約70ヵ国の地域で医療援助活動をしている
・セーブ・ザ・チルドレン（イギリス）1919年〜
子どもの支援と権利保護
・ワールドビジョン（アメリカ）1950年〜
開発援助　政策提言
・オープンソサエティ（アメリカ）1993年〜
市民社会団体への助成

「さっちゃん、国際NGOとは、いろいろな国で困っている人たちを支援する活動を世界中で展開しているんだよ。ある日本人の青年は南スーダンへ行って医療援助を経験したそうで、２０２１年~２０２３年に国境なき医師団の外科医として活躍しているわ。ほかにも、紛争地や被災地を物流で支える『ロジスティシャン』という仕事があって、日本人の青年でリベリアへ行きロジスティシャンとして活動した人がいて、フランスから医薬品・医療機器の輸入、および物資の管理配布をしたそうよ。我が身をかえりみず、世界へ出て人助けをしている日本人がたくさんいることを忘れないようにしたいわね。でもね、安心してばかりはいられなくて、この仕事はとても危険の伴う事で、長年医者をしながら土地の発展に貢献していた人物が、心ない強姦に襲われて一命を落としたこともあるので、考え方が違う外国での活動はとても難しいのよ」

「梅ちゃん、外国へ出て治安が悪いのに、日本人として若い人が出ていくのは私は勇気があると感心したけど危険なんだね」

「その他いろいろとおばあちゃんの知らないところでたくさんの若者が世界へ出て困った人たちを助けているわ。日本人は優しいからその土地の人の気持ちになって、いろいろな援助をしていることは素晴らしいと思うけれどその心は危険を乗り越えているんだよ」

## 梅子おばあちゃんとさっちゃんの願い

「さっちゃんの年齢では、難しい問題だけど」

総合地球環境学研究所の所長山極壽一《じゅいち》という人が話したことは、

〝森林が地球の陸地の3割になり、ウイルスと人の距離が縮まった。感染症のパンデミックは人類の危機の象徴のように言われますが、そうだとすれば人間の進化とはいったいなんだったんでしょうか。

新しいウイルスが、今後も人間をおびやかし続けるという可能性は否定できない。世界の人口は80億、家畜の頭数も10億を超えている。地球に住む哺乳類の9割が人間と家畜なのです。しかも野生動物が住む森林は、地球の陸地の3割を占めるにすぎなくなった。牧場と畑が4割以上を占めています。ウイルスは性感染症や細菌感染症のほとんどが家畜由来なのです。

家畜を経て人間という経路がウイルスや細菌にとっていちばんたどりやすいのです。

科学の力では、ウイルスの蔓延《まんえん》を食い止めることはできません〟

「やっぱり結論は森林を大切にして人間の住む場所と動物の住む場所は昔のように自然な形で分かれていたことが正しい生活だったのね。森林の面積が少なくなって動物が下界へ下りてきて、食物を求めて人間界へ入ってくると、とても不自然な世界になりウイルスが人間をおびやかすことが続くのかも、おばあちゃんはそう理解したけれど難しい問題だね」

「そういえば梅ちゃん、コロナの始まりは、コウモリだと言っていたのを思い出したわ」

「今は何事も原因がつかめずに、今日まで来てしまったけれど、いちばん大切なのは森林を無断で伐採したりすることがないように、宅地造成を国が管理して絶対に許可を出さないよう、見張っていくのも大切なことかと思うわ」

「そうね、動物も可愛いけれど、そこには野生動物の怖さがあることを知ることも大切なのね」

日本のＳＤＧｓの課題として次の点が指摘されています。今、日本のＳＤＧｓ達成度は15位と言われていますが、ヨーロッパに比べるとまだ低いのです。

日本の課題は次の点でマイナスなのです。

・電子機器廃棄量とプラスチックゴミ輸出量が多い。

・女性国会議員数が少ない。
・男女間の賃金格差が、大きい。
・国内で$CO_2$排出量のみならず、輸入品の$CO_2$排出量もまた多い。
ただし日本の企業も子どもたちも、ＳＤＧｓへの関心の高さにおいては世界屈指なのです。

足を引っ張っているのは、日本は、女性の過半数が非正規雇用という不利な条件で働いていることです。それがランキングを15位と下げているのです。

達成にはほぼ遠いとされた国は、アメリカ41位、中国は56位でした。

上位10ヵ国はすべてヨーロッパです。

「人類生存の必要条件の一つに、穀物供給力の増強を願っており、人口増加は肉食嗜好が穀物需要を急増させるの。気候変動の及ぼす最たる影響の一つが農林水産業の不作と不漁、夏の猛暑・干ばつは農作物にとって大敵だし、暴風雨は実った果物や野菜を台無しにしてしまうものね。悲しいね」

「海水温の上昇は、魚類の生息域を変化させるんだって、そんなことが起こるなんて難しい問題ね」

「海水の酸性化が貝類の生育をさまたげると新聞に載っていたけど、気候変動は、水産業にとても影響するんだって。

世界人口が増加すれば、それに伴い食糧需要も増加するわけだから、自然と食料飢餓が生まれるわよね、さっちゃん」

「所得水準の向上に伴い、摂取するカロリーに占める穀物の割合が低下し、牛・豚・鶏の肉の割合が高くなると、牛肉１kgを作るのに穀物（トウモロコシ）１kgいることが分かっているんだって。

豚肉１kgを作るのに穀物７kgがいるし、鶏肉１kgを作るのに穀物４kgが飼料として消費されるんだって」

「そうなるとさっちゃん、自然と穀物の値段が上昇するし、他の穀物を使う人たちは大変、原料の高騰で、倒産したり店を閉めなければならなくなる場合も出てくるわね」

「それもあるし気温上昇でトウモロコシやさとうきびが水分不足で干上がり枯れて収穫不能でやむなく畑を手離す人も出てきているらしいよ」

「すべてが気候の変化による災害なのよね。日本でも気温上昇により、米の品質がとても悪くなり影響が出てきているわ。テレビでは地方の干上がった農地に消防自動車が出動して田んぼへ水を供給している映像が映ったわ」

海水温の上昇は漁獲にも影響が出てきているようです。

・北海道産のサケ・タラ・サンマ・シシャモ・ウニなどの漁獲量は激減
・北海道でブリの豊漁やサワラの分布域が北上
・九州沿岸でイセエビやアワビなどの減少
・サケの夏季の分布可能域（水温2・7℃〜15・6℃）が北へシフト。さらにその面積が
　1割減少した可能性
　日本近海の水温と日本の気温は、100年間で海面水温の上昇は1・14℃上がっている。気温は1・24℃上がっています。
「温暖化は人間の食糧事情まで変えていくのだからとても心配になるわね。梅ちゃん、私の人生はこれからだからなおさら悲しいよ」

　経済成長がもたらすエネルギー危機、人口が増加すると経済成長に伴い、必然的に増えるのがエネルギー需要です。

　自動車が走り、中国などでは数年前まで自転車通勤だったのが、今や自動車の嵐です。時代は数年で、さま変わりするのですね。

　鉄道が敷設され、日本では新幹線が走り、毎年新型車両が発表され、それによって鉄道ファンは喜んでいます。

家庭電化製品が毎年新しく型を変えて売り出され、旧式の型は誰も見向きもせず、情報通信機器が普及すれば、エネルギーの需要が増えざるを得ません。

今世紀、アフリカ諸国の多くでは、電化率がいまだ10％台にとどまっており、大型の発電所や送電線も完備されておりません。

「日本は自然エネルギーに重点をおいて原子力発電が姿を消してゆくのがおばあちゃんの願いです。

先日私は買い物に出た時、水素で発電する燃料電池バスに乗りました。とてもうれしくて乗り心地が良かったです。だんだん日本も少しずつ良い方へ進んでいるのが解りました」

「梅ちゃんの心の願いは、理解できるよ。でもね、日本のように面積の小さな国で、環境や気候が良い国はまだいい方で、世界に目を向けると北極では、温暖化が進んで海面の氷が前世紀の半分に溶けており、白熊の食料のあざらしが、氷が減る事により、いなくなり枯渇すると、白熊の命もそのうち消えるのではないかと言われているんだって。また何万年か前の氷が溶けて中から生きたウイルスが人間に悪影響を及ぼす事も考えられるそうよ。

また、地球には、難民や飢餓に苦しんでいる人々がいっぱいいて、つい先日まではテレビでウクライナとロシアの戦争を報じていたのに、数ヶ月の間に、いつの間にか今は、パレスチナのガザ地区を支配するハマスとイスラエルの戦争を取りあげており、ニュースの内容はそれ一色になっているのが怖いわ。私が不思議なのは、宗教なのになぜ戦いが起こるのかしら」

「そうね。おばあちゃんも、子どもや女性が犠牲になって2万人以上が罪もなく亡くなっていく惨状は、見るに忍びない事だと思っている」

「歴史ある石づくりの博物館や民家が破壊され、学校や病院にまで爆弾が落とされ、人々は水や食料やテントが不足しており、こんな事態に私達がＳＤＧｓを奨励している生活は、彼らにとったら程遠いと思うかもね」

「それはおばあちゃんも同感だけど、きっと政治の安定性が関係しているのでしょうね。ドローンが空から街を攻撃して破壊されるたびに、地球は泣いているわ」

「梅ちゃん、私は国連が機能していないように感じるの。戦争をやめさせる機関が世界のどこにあるの？　終戦をして解決させる人物が出て来てほしいわ」

「分かるけど、米国はイスラエルを応援しており、中国とロシアはパレスチナを応援しているので、どちらも武器の提供をして応援しているから終戦は遠いかもね」

「私は他国が武器を提供するのは、一番罪な事で、油に火を注ぐようなものだと思うわ。ニュースを見ているとたくさんの怪我人が出て瓦礫が山のように積まれ、これを修復するには、100年かかると聞いたけど、子どもの心も軽く扱われているけど、もっと人の命や自然を大切にする心が欲しいわね。

爆弾が落ちるたびに人が何百人と死に、空気が汚れ、水も川も海も汚れ、きっと一番地球が嘆いているはずよね」

「そうね、その通りだとおばあちゃんも思うわ。先日ね、ローマ法王がウクライナの首相に停戦に合意するのも正しい道と考えるように諭したのがテレビで映ったわ。やっと待っていた人が出て来たわ。

一方の国では戦争で地球に打撃を与え、一方の国ではSDGsで川や海や空気を美しくして守りましょうと唱え、これでは前進するはずもなく、一番は世界中の人が、地球は生きているのだから、心を一つにして守りましょうと気が付いてほしいわね。

おばあちゃんは、地球に人々が住まわさせてもらっていると思い、大切に自然を使いたいと願っているの」

「梅ちゃんの心理解できるわ。地球は生きていて心を持っているのよね」

「そうね、昔の自然を取り戻して夜空の星が美しく輝き、川や海もきれいにして、開発を急ぐより、のんびりとした街づくりをして、森林を大切にして、世界中から戦争をなくして、自然を守り続ける事が、一番地球が喜んでくれるとおばあちゃんは思うわ」

「梅ちゃん、私も同感よ」

## 【参考文献】

『基礎知識とビジネスチャンスにつなげた成功事例が丸わかり！　ＳＤＧｓ見るだけノート』笹谷秀光監修　宝島社

『やるべきことがすぐわかる　今さら聞けないＳＤＧｓの超基本』泉美智子著　佐和隆光監修、朝日新聞出版

**著者プロフィール**

**水谷 久子**（みずたに ひさこ）

1945年三重県生まれ。東京都在住。
銀行員を経て、1982年より書道講師となる傍ら、日本画の制作活動も行っている。
現在は夫と2人暮らしで2人の息子夫婦と孫が5人近隣にいます。
趣味は音楽鑑賞（クラシック）。夫婦でコンサート巡りをしている。
2006年～2013年、美術展6回入選（絵画）。
2016年、書道と絵画の個展を開催。

（既刊書）
『転勤家族の漂流記』（2019年、文芸社）
『地球にいいこと、話そう！　さっちゃんと梅子おばあちゃんのSDGs』
（2022年、文芸社）



**地球が悲鳴をあげている** さっちゃんと梅子おばあちゃんのSDGs2

2024年6月15日　初版第1刷発行

著　者　水谷 久子
発行者　瓜谷 綱延
発行所　株式会社文芸社
〒160-0022　東京都新宿区新宿1－10－1
電話　03-5369-3060（代表）
03-5369-2299（販売）

印刷所　図書印刷株式会社




ISBN978-4-286-25305-3